KB177204

이 책을

고(故) 박혜정님께 바칩니다

언젠가 또 뵙겠습니다, 형님

내 편, 돼 줄래요?

: 세상에 내 편 하나 없는 것 같다는 당신에게

이수정 에세이

슬로래빗

내 편에게 보내는
감사장, 반성문 혹은 초대장

나는 이성이 발달한 사람이라 영화를 찍으면서 눈치를 본다.
〈달마야 놀자〉를 찍으면서 스님들 눈치를 봤고,
〈와일드 카드〉를 찍을 때는 형사들 눈치를 봤다.
〈황산벌〉은 김해 김씨 눈치를 봤다.
그런데 연산군은 눈치를 볼 필요가 없더라.
그렇게 외로운 사람이었던 거다.

_ 정진영, 〈왕의 남자〉로 《씨네21》과 가진 인터뷰 중에서

벌써 몇 번째 지우고 다시 쓰는 머리말인지 모른다. 책 제목을 '내 편 돼 줄래요?'로 정했으니, '내 편이란 무엇인가?' 같은 상투적인 정의를 내려 보기도 하고, '우리 삶에서는 왜 내 편이 필요한가?' 역시 상투적으로 따져 물어도 보고, 심지어는 '내 편'으로 이행시도 몇 개 지어 보았다. 그러다 죄 지우고 다시 빈 백지를 마주했다. 속절없는 컴퓨터 커서는 깜빡깜빡, 빨리 뭐든 써내라 채근하고…. 변덕 심한 내가 용케 계속 붙잡고 있고, 그만큼 잘하기도 하는 일이 글쓰기인 줄 알았는데, 내 책 머리말 쓰기가 이렇게 힘들 줄이야…. 하는 수 없다. 자포자기 심정으로, 그냥 이 순간 생각나는 걸 솔직하게 써 볼 참이다.

이 책은 내 인생의 첫 책이다, 라고. 이십여 년간 남의 책 오십여 권을 우리말로 옮겼는데, 역자가 아닌 저자의 이름으로 내는 첫 책이다. 주제는 '내 편'. 내 편에 관한 책을 내려면 최소한 관련 자격증 하나는 갖고 있어야 덜 민망했을까? 내게 이런 책을 낼 자격이 있는 건지, 글을 쓰는 내내 자문했다. 그래서 이 책을 읽어 달라 감히 청하기도 면구스럽다. 차라리 읽지 말아 달라고 도시락 싸 들고 다니며 말리고픈 마음까지 드는 걸 보면, 난 첫 책을 쓰는 초짜임이 분명하다.

책 제목에 '내 편'이 들어가지만 이 책에 '내 편을 만드는 법' 같은 건 다루지 않았다. 아니, 다룰 수가 없다. 그러니 내 편 만드는 지침이 시급한 사람에게는 이 책이 별 도움 안 되리라 미리 밝힌다. 내 편에 관한 전문가는커녕, 휴대폰에 저장된 전화번호가 몇백, 몇천 개—몇만이라고 자랑하는 사람도 실제로 내 주변에 있다 — 되는 인맥의 여왕도 아니다. 한국에 산다면 또 모르겠다. 가까운 가족, 어린 시절 친구, 친한 친척들이 죄 한국에 있으니 지금보다야 내 편이 많았을지도….

나는 미국 뉴저지에서 20년째 이민자로 살고 있다. 한인 독자를 대상으로 로컬 잡지를 만들면서 뒤늦게 미주 문단에 이름 올리고 수필이며 소설을 끼적거리고 있다. 잡지를 만드느라 인터뷰니 취재니 하며 남들보다 좀 더 다양한 사람들을 만나긴 하지만, 그게 내 편하고 뭐 대단한 연관이 있을지는 잘 모르겠다. 다시 말해, 내 편과 관련해 무슨 고매한 이유나 소신, 혹은 견해 같은 게 있어서 내가 이 책을 쓴 건 아니란 소리다. 그저 나의 내 편에 관해 생각나는 대로, 추억하는 대로 엮은 '이야기 모음집' 비슷한 거다.

이 책이 내 편을 만드는 데는 별 도움이 안 될 거라고 장담하는 것에는 또 다른 분명한 이유가 있다. 나는 내 편을 '만드는' 게 아니라고 생각하기 때문이다. 나에게, 내 편은 '쌓아 가는' 것이고, '알아보는' 것이다.

내 편은 쌓아 가는 것이다. 하루아침에 만들어지지 않는다. 서로가 공유하는 시간과 경험과 이야기의 '쌓임'이 있어야 한다. 내 편이 그다지 많지는 않아도, 52년간의 비루한 내 경험에 의하면 그렇다.

또, 내 편은 알아보는 것이다. 정말 많은 사람들이 '내 편 하나 없다'고들 한다. 그런데 어느 날 문득, 혹시 내 편이 없는 게 아니라 주변에 있거나 많은데, 내 편을 알아보지 못하는 게 아닌가 하는 의혹이 들었다. 정말 어느 날 문득, 퍼뜩⋯. 그리고 보니 정말 그런 것 같더라 이 말이다. 한 번 주변을 찬찬히 보라. 내 편이 돼 주려고 말을 걸어 오고, 손을 내밀고, 전화를 걸고, 문자를 보내오고, 웃어 주는 사람이 얼마나 많은지 말이다. 그런데 그 많은 신호들을 우리는 흘리고, 놓치고, 거절하고, 무시하고, 외면하면서 못 알아본다. 오죽하면, 평소 내 편은커녕, 적이라 여겼던 사람이 어느 날 둘도 없는 내 편으로 둔갑하는 경우가 다 있겠는가 말이다.

우린 어쩌면 지금도, 바로 곁에 있는 내 편을 알아보지 못하고, 저 먼 곳의 아득한 누군가를 내 편으로 '만들려' 애쓰고 있는지 모른다. 우리가 살면서 만나는 사람들은 누구도 예외 없이, 과거에 내 편이었거나 지금 내 편이거나 앞으로 내 편이 될 잠재력을 지닌 사람들이다. 내가 전문가는 아니지만, 그것만큼은 확실히 말할 수 있다.

이 책은 근시, 난시, 노안, 백내장이 떼로 겹쳐 온 쉰두 살에서야 내 편을 흐릿하게나마 '알아보기' 시작한, 흔하고 평범한 한 개인의 감사장이요, 반성문이요, 초대장이다. 내 편으로 내 곁에 와 있는 사람들에게 보내는 감사장. 내 편으로 내게 왔던 사람들에게 알아봐 주지 못해 미안하다고 말하는 반성문. 그리고 앞으로 내 편이 되어 줄 또 다른 사람들에게 보내는 초대장.

그 모든 마음을 담아 최선을 다해, 따뜻하게 속삭여 본다.

내 편, 돼줄래요?

Special thanks to

첫 책을 내면서 특별히 감사하고픈 내 편들이 있다. '자식'이란 이름으로 내 편이 되어 준 지영이(Cindy)와 준원이(Justin). 남의 편인 것 같은 때가 많지만 내 편이 분명한 남편. 그의 부모님과 누님들, 또 그 가족들.

'가족'이란 이름으로 내 편이 되어 준 친정 식구들. 아버지, 오빠 이선봉, 동생 이대봉과 그 가족들. 그리고 친구, 동료, 선배, 후배, 언니, 동생, 아는 사람, 심지어는 '적'이란 이름으로 내 편이 되어 준 모든 사람들.

몇 편의 글만으로 출판을 결심해 주고, 두 해를 넘긴 집필 시간 동안 '장 담그듯 쓰라'며 장 담그는 인내로 격려해 준 슬로래빗의 강보경 국장님과 이 책을 예쁘게 다듬고 단장해 줄 에디터, 디자이너께 감사드린다.

마지막으로, 내게 피와 살을 주고도 더 주지 못해 속상해하는 영원한 내 편, 우리 엄마, 김중효 여사에게 사랑과 감사를 전한다.

CONTENTS

01

나를
· 숨
· 쉬
· 게
해
주
는
내
편,

가
족

눈물로 걷는 인생의 길목에서
가장 오래, 가장 멀리까지 배웅해 주는 사람은 바로
우리의 가족이다.

_ 권미경의 《아랫목》 중에서

괜찮아질 거야

결혼 전 나는 공부가 힘겹고, 친구가 버겁고, 사랑이 외롭고, 회사 생활이 고달프면 애먼 엄마한테 투정을 했다. 왜 점수가 안 오르느냐고, 왜 친구가 뾰로통하냐고, 왜 그 남자는 반응이 없느냐고, 왜 그 과장은 나만 들볶아 대냐고. 그럴 때 설거지를 하거나, 마루를 닦거나, 빨래를 널던 엄마는 고장 난 레코드판이 제자리에서 맴돌 듯 매번 같은 대답을 했다.

  "괜찮데이."

그럼 나는 이리 부아를 냈다.

  "엄마가 뭘 안다고 괜찮대?"

그래도 엄마는 한 번도 그럴 걸 왜 묻냐고 말하지 않았다. 그 상황에서 충분히 할 수 있는 말인데도 그리 말한 적은 없었다.

엄마 곁을 떠나와 비행기로 열다섯 시간 떨어진 거리에 살고 있는 지금, 나는 가끔, 아니 자주 엄마의 그 '괜찮데이'가 사무치게 그립다. 엄마가 괜찮아질 거라고 한 대상은 공부도, 친구도, 연애도, 회사 생활도 아니었다는 걸 이제는 알겠다. 엄마가 괜찮아질 거라고 한 건 내 마음. 인생 공부는 여전히 힘겹고, 친구는 여전히 애먹이고, 사랑은 여전히 고독하고, 사회생활은 여전히 고달프지만 내 마음은 거짓말처럼 괜찮아졌으니까.

괜찮데이.
괜찮아진데이.

엄마는 곁에 없지만 나 혼자 나직이 읊조려 본다.
아, 그 시절 엄마 나이에 와 있는 내 목소리.

"괜찮데이."

공항에는 늘 엄마가 있다 [1]

신혼여행으로 하와이 갈 때, 난생처음 비행기를 탔다. 다른 사람을 배웅하거나 마중하러 공항에 간 적은 있었지만, 내가 비행기를 타는 주체로 공항을 떠났다 돌아온 적은 그때가 처음이었다. 신혼여행에서 돌아오면 택시를 타고 곧장 친정으로 갈 예정이었다.

여행에서 돌아와 공항에 도착해 짐을 찾아 나오는데, 북적이는 인파 속에서 "수정아!" 하고 부르는 귀에 익은 소리가 들렸다. 올림픽에서 금의환향한 국가대표 맞이하듯, 우리를 향해 열렬히 손 흔드는 사람. 엄마였다. 여행사에서 비행기 편을 알아내 공항까지 마중 나온 우리 엄마.

미국 살면서 간간이 한국에 갈 때, 입국 신고를 마치고 걸어가는 출구 쪽 통로는 늘 나를 위한 레드카펫이 된다. 그곳에 단 한 번도 빠짐 없이, 열렬히 손 흔들며 "수정아!"를 외치는 우리 엄마가 서 있기 때문이다.

언젠가 엄마에게 물었다.

"엄마가 이 세상에 없게 되면 어떻게 해…, 공항에 내렸는데 엄마가 없으면 어떻게 해…, 슬퍼서 어쩌냐고…."

일어나지도 않은 일을 묻기만 하는데도 내 목이 갈라졌다. 엄마가 더 갈라진 목소리로 말했다.

"니 오는데 공항에 못 나가는 내가
더 안 슬프겠나…."

공항에는 늘 엄마가 있다 [2]

5년 만에 한국에 다니러 갔다. 한국에 가면 시댁과 친정에 번갈아 머무르지만, 아무래도 짐 풀고 싸기에 편하다 보니 곧장 친정으로 가는 편이었다. 이번에는 형편이 달라졌다. 시어머니가 구순이 다 되어 거동이 불편하신 데다 지병이 겹쳐 요양병원에 들어가시고, 시아버지 홀로 집에 계신 상황이었다.

시댁으로 먼저 가게 되었으니, 공항에 나올 필요 없다고 친정 엄마에게 미리 알려 두었다. 어차피 며칠 지나 만날 텐데 잠깐 얼굴 보자고 잠실에서 인천 공항까지, 팔순에 접어드는 엄마에게 두 시간 넘는 공항 마중 길은 너무 고된 품이었다. 엄마는 순순히 그러마고 했다. 이번에는 공항에 안 나갈 테니 아이들 데리고 시댁에 먼저 다녀오라고….

막상 공항에 도착해 출구를 나올 즈음이 되자 마음이 묘했다. 단 한 번도 공항 마중을 거른 적 없는 엄마 얼굴이 이번엔 안 보이겠구나, 싶으니 허전했다. 웬 변덕인지…. 애써 마음을 감추며 아이들의 발길을 재촉하던 그때.

"엄마, 외할머니야!"

딸아이 소리에 고개를 돌려 보니, 언제나처럼 같은 자리에 엄마가 있었다. 늘 이름을 부르며 인파 속에서 용수철처럼 튀어나오던 엄마가, 이번에는 우리가 걸어 나오는 모습을 휴대전화 영상으로 찍고 있었다. "할머니!" 하며 아이들이 달려가 안기는데, 나는 버럭 화를 내고 말았다.

"아, 시댁으로 곧장 간다니까 마중은 왜 나와?"

옆 사람들이 흘끔거리며 쳐다볼 정도로 큰 소리를 냈다. 무안해진 엄마가 오그라드는 소리로 말했다.

"할 일도 없고, 지하철 타고 가만히 앉아만 있으면 오는데 뭘…."

그래도 나는 괜한 부아를 내면서 시댁으로 빨리 가야 한다며 공항 밖으로 앞장서 걸었다. 마침 저녁때니 공항 식당에서 밥이라도 먹자든지, 잠깐 차라도 마시자든지…. 그럴 수 있었는데, 나는 하지 않았다. 아니, 엄마 얼굴을 제대로 보지도 않았다. 볼 수가 없었다.

그 길로 공항을 나와 우리는 분당행 리무진 버스를 탔고, 정류장에 남은 엄마는 그 모습이 점으로 작아질 때까지 손을 흔들고 있었다. 딸아이는 할머니한테 왜 그렇게 매정하게 대했냐고 물었다. 잠깐이라도 우리가 보고 싶어 마중 나온 건데 할머니가 많이 서운했을 거라며 힐책하듯 말했다. 나는 버스 의자에 깊이 몸을 묻고 못 들은 척했다. 딸아이는 내 마음을 알지 못했다. 알 수 없는 게 당연했다.

나는 화가 난 게 아니었다. 속상하고 슬프고, 또 두려웠다. 인정하고 싶지 않을 만큼. 내가 절대로 인정하고 싶지 않던 상황이 현실로 닥치니, 나는 무력하게도, 울컥, 부아내는 일밖에는 할 수 없었다.

그날은 정말이지 엄마를 보고 싶지 않았다. 공항에서 엄마의 얼굴을 보는 순간, 여느 때와 달리 딸과 손주들의 모습을 동영상에 담고 있는 엄마를 보는 순간, 나는 보았다. 내가 그리도 두려워하던 무언가를, 날것 그대로의 모습을….

공항에서 엄마를 보는 마지막 순간, 말이다. 엄마는 아무 말 안 했지만, 난 느낄 수 있었다.

'너 다음에 올 때면 내가 팔십도 한참 넘을 텐데, 또 나올 수 있을까 싶어서…. 이게 마지막이지 싶어서….'

다시 한국에 오려면 짧아도 삼, 사년 후일 테고, 그때는 팔순이 훌쩍 넘어 있을 엄마의 공항 마중은 기약하기 힘든 노릇. 엄마에게 공항에 나오지 말라 할 때, 내 마음은 오히려 편했다. 엄마가 알았노라 할 때, 난 오히려 마음이 좋았다. 결코, 마주할 수 없을 것 같은 '마지막'을 마주하지 않아도 되기에….

그런데 결국, 엄마는 공항에 나왔고, 마지막이 될 엄마의 공항 마중 길을 나는 그렇게 화내며 보냈다.

한국에서 사십여 일을 보내고, 다시 미국행 비행기를 타러 공항에 갔다. 배웅 나온 엄마를 품에 안았을 때, 엄마가 내 귓가에 대고 속삭였다.

"내 걱정은 말그레이. 나는 괜찮다."

피와 살을 주고도 더 못 줘서 안타까워하는 사람과 마지막을 염두에 두고 만나는 건, 몹시 슬프다. 몹시 두렵다.

화가 날 지경이다.

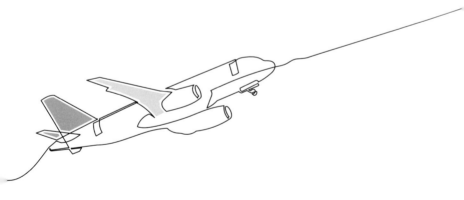

배꼽은 위로다

한때 우리는 저마다의 엄마와 같은 숨을 쉬었다. 따뜻한 자궁 속에서 엄마가 먹는 걸 받아먹었고, 엄마가 웃으면 키득거렸고, 엄마가 울면 울먹였고, 엄마가 화나면 함께 동요했다.

그 증거가 배꼽이다. 배꼽은, 그래서 따스한 위로다. 내 편은 하나도 없는 듯 고독할 때, 숨 붙은 동안 결코 끊어지지 않을 단 하나의 내 편, '엄마'란 존재가 있음을 상기시켜 주는 절대적인 위로.

그래서일까?
가끔 '배꼽'하면, '배꽃'처럼 들리는 건.

넓어져라, 등

엄마들은 많이 가진 엄마가 되고 싶어 한다. 돈도 많고, 지식도 많고, 경험도 많고, 실력도 많고, 재주도 많고, 사람도 많고…. 자식에게 모든 걸 최대한 많이 가진 엄마가 돼 주고 싶을 거다. 나도 엄마다 보니 그렇다.

엄마, 아빠 사랑을 독차지하다 열 살 어린 동생이 태어나면서 졸지에 그 사랑을 나눠야 했을 내 딸, 지영이. 좋게 말해 '나누는' 것이지, 그 아이 입장에서는 '뺏기는' 거였을 터…. 그런데도 딸아이는 제 동생을 끔찍이도 아긴다. 어떨 땐 나보다 더 엄마 같을 정도로. 동생이 태어나고, 또 그 아이가 남들보다 느리게 간다는 걸 알고는 더더욱 혼자 알아서 커 준 내 딸, 지영이….

작고 말랑말랑한 손으로 내 손을 꼭 잡고 다니던 딸은 어느새 엄마 손잡는 게 멋쩍어진 어른이 되었다. 나보다 키가 더 높아진 딸아이의 뒷모습을 볼라치면 그 등에 기대고 싶어질 때가 솔직히 있다. 그러다 이내, 기울어지던 두 다리를 힘줘 세운다. 내 딸의 등은, 내가 기댈 무엇이 아니라 감싸 안아 줘야 할 무엇이라 새삼 마음을 다지면서 말이다.

세상 살아가는 동안, 그 어여쁜 등도 매서운 칼바람을 피하지 못할 테고, 이 아이 스스로 감당해야 할 몫이 분명 있을 것이다. 그럴 때, 늙어서 휘고 앙상해진 엄마 등이라도 자기 등에 포개져 있다고 생각하면 조금은 그 짐이 가벼워지지 않을까?

그래서 나는, 많이 가진 엄마보다 등이 넓은 엄마가 되어 주고 싶다. 언젠가 내가 이 세상에서 사라지더라도, 엄마 얼굴을 떠올리면 그리움에 콧등이 시큰해질지언정, 처졌던 어깨가 올라가고, 떨리던 가슴이 고요해지고, 두 다리에 바짝 힘이 들어가도록 해 주는,

그런 등 말이다.

우리 사이 그런 사이

미국에도 어버이날이 있다. 개인을 중시하는 문화 때문인지, 미국은 어머니날 Mother's Day 과 아버지날 Father's Day 이 나뉘어 있다. 특정 날짜가 아니라 '5월의 마지막 주 일요일'과 같은 식이다. '5월 8일'을 부모님 가슴에 카네이션 달아 드리는 날로 새겨 둔 나의 뇌는, 근 20년 세월을 미국에 살아도 따로따로인 미국의 어머니날, 아버지날에 도통 적응을 못 하고 있다.

대학 기숙사에서 지내던 딸이 봄방학이라며 어머니날이 한 주 지나 집에 왔다. 가족 외식을 나간 자리에서 딸이 불쑥, 작은 종이 가방을 내밀었다. 어머니날은 지났지만 축하한다는 말과 함께. 며칠 지나기도 했고, 딸이 아직 제대로 돈벌이를 하는 처지도 아니라 생각도, 기대도 못 했던 일이었다.

분명 마음은 '무슨 돈이 있다고 선물을 다…' 하는데 입가로 웃음이 자꾸만 샜다. 가방을 열어 보고는 새던 웃음이 뚝 멎더니, 명치 쪽이 시큰해 왔다. 지갑이었다. 지갑이 물에 젖어서 못 쓰게 되는 바람에 딸과 지갑을 보러 다닌 적이 있었는데, 그때 내가 마음에 들어 했던 지갑을 눈여겨본 모양이었다.

그 며칠 뒤, 딸아이는 인턴으로 일하러 한국행 비행기를 탔다. 배웅 나간 공항에서 딸은 자기 없을 때 읽으라며 카드를 건넸다. 집으로 돌아와 카드를 펼쳤다. 네 살부터 미국에서 자라 영어가 더 편할 텐데, 엄마 읽기 좋으라고 또박또박 한글로 써 내려간 글자들이 솜사탕처럼 나풀거렸다.

"내가 세상에서 제일 좋아하는 엄마. 엄마랑 이제 겨우 21년 살았네. 엄마, 50년 넘게 나랑 살아 줘야 돼. 지금 엄마랑 외할머니처럼!"

난 내 딸에게 50년 넘게 '내 편'이 돼 줄 사람.
내 딸은 내게 50년 넘게 '내 편'이 돼 줄 사람.

우리 사이 그런 사이.

상냥 주머니

칼질하다 손가락을 베었다. 아들 녀석이 부엌으로 나오다 엄마 손가락의 피를 보더니 호들갑 떨며 아빠를 찾아 2층으로 줄달음친다. 그 모습에, 살짝 벤 정도인데도 큰 부상인 것처럼 엄살이 나온다. 아들 녀석 성화에 일어난 남편이 잠에서 덜 깬 채 연고를 찾아서 들고 온다. 남편은 대형 하품을 동반한 기계적인 손놀림으로 대충 연고를 바르고 반창고를 붙여 준다.

좀 더 정성 들여 세심하게 해 줄 수 없느냐며 삐죽거릴 수도 있었다. 하지만 안 그랬다. 연애 때부터 어언 사반세기를 함께한 사이다 보니, 나는 이 사람의 '상냥 주머니' 크기를 잘 알고 있다. 아내를 위해 만들어진 상냥 주머니는 두말할 것 없이 작은 편이다. 어림잡아도 '나노' 사이즈.

다행히 '메가' 사이즈의 다른 주머니들이 있다. 내 경우와 반대로, 어떤 친구들은 '자기 남편이 상냥 주머니는 큰데 다른 주머니가 작다'고 하소연하며 밤을 새운다. 그래서 남편을 주제로 한 아내들의 수다는 총천연색일 수밖에 없고.

나는 남편에게 손가락을 벤 연유를 조잘대지만, 소리가 귀에서 줄줄 새는 눈치다. 성가시다는 표정도 모자라 "아주 살짝 벤 거야." 굳이 한마디 보태고는 다시 자러 들어가는 남편. 그 모습을 물끄러미 보는데 큭, 웃음이 나온다.

이 상황에 웃을 정도면
난 확실히 이 남자하고 오래 살았다.

우리 오빠

몇 년 전, 외삼촌이 돌아가셨다. 엄마는 외삼촌의 열다섯 살 아래, 막내 여동생이었다. 외삼촌은 구십 평생을 자연과 더불어 정직한 농군으로 사셨다. 말년 몇 년 동안, 외삼촌은 잠깐씩 논에 나가 익어 가는 벼 보고, 마루에 앉아 꽁꽁 언 겨울 들판을 내다보는 것 외에는 주로 누워 계셨다고 했다. 딱히 지병이 있는 건 아니었다고…. 누구보다 자연과 가깝게 살았기에 자연으로 돌아갈 때를 알아챈 노老 농군의 휴식 같은 것이었을까?

그 외삼촌을 맨 위로, 칠 남매 중 막내였던 엄마는 아버지를 일찍 여의었다. 그래도 엄마는 칠포 바닷가 지척 동네에서 멋쟁이로 통했단다. 외삼촌 부부가 읍내에서 늘 제일 좋은 거로만 사다 입히고 신겼기 때문이란다.

외삼촌이 부쩍 쇠약해지고 나서, 엄마는 큰 오빠에게 나름의 보은報恩을 했다. 가끔가다 외갓집 근처 중국집에 전화해서 외삼촌이 좋아하는 중국 음식을 배달시켰다. 그날도 얼추 밥때가 되어 자장면과 탕수육을 외갓집으로 배달시켰는데, 외삼촌이 전화를 걸어왔단다. 그날따라 "맛나게 먹었구나."라고 여러 번 말씀하셨다고…. 그동안 몸이 안 좋아 발길이 뜸하던 둘째 아들이 마침 들러서 모처럼 함께 식사했다며 더 좋아하셨단다. 그 자장면은 외삼촌이 이승에서 한 마지막 식사가 되었다.

미국에서 외삼촌 부고를 받고 반나절쯤 지난 뒤였다. 엄마에게 전화를 걸었다. 엄마는 서럽게 우는 중이었다.

"우야노. 우리 오빠가 화장터로 들어간데이."

우리 오빠. 엄마 입에서 한 번도 들어 본 적 없던 낯선 호칭이었다. 엄마와 외삼촌 사이를 두텁게 이어 주던 '우리'란 끈이 막 끊어지려 하고 있었다. 다른 타인은 결코 개입될 수 없는 둘만의 끈, 든든한 큰 오빠와 귀여운 막내 여동생 사이의 끈….

엄마는 평생 소나무 그늘이 되어 주던 내 편, '우리 오빠'를 보내며 섧게 울었고, 깊은 상실감은 머나먼 타국의 나에게까지 고스란히 전해졌다. 큰 오빠가 사준 어여쁜 꽃신을 신고 깡총 거리던 꼬마 여동생은 일흔을 넘겼고, 다정한 오빠는 여든일 곱으로 그 곁을 떠났다.

나는 지금, 바쁘다는 핑계로 안부를 챙기지 못한 '우리 오빠'에 게 안부 문자를 보낼 생각이다. 엄마에게 '평생 내 편'을 자처 해 주신 외삼촌처럼 나에게 '평생 내 편'을 자처해 주는

'우리 오빠'에게 말이다.

존재만으로 내 편

딸아이가 유치원 다닐 때 일이다. 내가 사는 동네의 한인 학부모들이 김치 바자회를 열었다. 함께 김치를 담그고 주변에 팔아 학교 기금을 마련하는 행사였다. 주문받은 김치는 참가자별로 할당하여 주문자들의 집까지 가져다주기로 했다.

미국 온 지 얼마 안 되고 운전 경력도 짧았던 때라 남편에게 운전을 부탁했다. 딸아이를 뒷자리에 태우고 짐칸에 열댓 병의 김치를 싣고, 남편과 함께 배달에 나섰다. 지금처럼 내비게이션이나 스마트폰도 없던 때인 데다가, 늦가을이라 해가 부쩍 짧아져서 두어 집 돌고 나니 이미 사방은 깜깜했다.

김치를 전하고 낯설고 어두운 길을 되짚어 나오는 길에 우린 그만 실수를 저지르고 말았다. 누군가의 집 앞에 주차되어 있던 자동차의 옆 거울을 들이받은 것이다. 옆 거울이 떨어져 나간 것은 아니지만, 밝을 때 보면 눈에 띨 정도의 흠집은 되는 듯했다.

어떻게 하지? 남편과 나는 서로를 마주 보았다. 미국땅에서 처음 겪는 일이고 교통사고에 관한 지식은 많지 않아도, 일단 차 주인을 찾아야 한다는 상식은 있었다. 그런데 우린 차에서 곧장 내리지 않고 주저하고 있었다. 가로등 하나 없이 시커멓기만 한 어둠 때문이었다.

'집'보다는 '저택'이란 단어가 어울리는 집들이 위용을 뽐내는 동네였다. 우리같이 '가난한' 유학생 부부가 자원봉사로 김치 배달을 하다 실수를 한 번 했고, 그걸 본 사람이 아무도 없었다. 소리가 크게 난 것도 아니었고, 기척을 느껴 내다보거나 나온 사람이 아무도 없었다. 악의란 눈곱만큼도 없는 우리 부부의 '작디작은' 실수는 아무 일도 없었던 듯, 어둠 속에 묻히면 그만이었다.

그래도 양심은 좀 아파, 차 실내등을 켜 놓고 '피해자'의 출현을 기다렸다. 우리 기준으로 '적당한' 시간 동안 기다렸지만, 아무런 기척이 없었다.

'우리, 그냥 가도 될까?'

차마 입 밖으론 말하지 못했다. 오가는 눈빛 속에서 이루어진 무언의 동조. 남편이 주차(P)에 놓았던 기어를 주행(D)으로 바꾸려던 그때, 우리는 약속이나 한 듯 뒷자리의 딸아이에게로 얼굴을 돌렸다.

아이는 제자리에 가만히 앉아 한창 사랑을 쏟던 인형을 안고 동그란 눈으로 우리를 보고 있었다. 잠시 아이를 보다가 우리 부부는 다시 눈빛을 교환했다. 또다시 이루어진 무언의 동조. 우리는 안전벨트를 풀고 차에서 내렸다.

부딪은 차가 주차된 집으로 가 초인종을 누르니 중년의 백인 남자가 짐짓 놀란 얼굴로 나왔다. 자초지종을 설명하고 사과하자, 남자는 웃으며 말했다. 얼마 전 새 차를 사서 그 차는 곧 처분할 터라 수리비는 조금만 받겠다고. 그러고 보니, 그 차 뒤에 엄청나게 비싼 고급차가 바짝 대어져 있었다. 휴, 새 차와

부딪은 게 아니라 얼마나 다행이던지!

어둠을 핑계 삼은 부끄러움과 용서받은 안도감을 동시에 느끼며 우리는 다시 차에 올랐다. 뒷자리에서 딸아이가 예의 그 동그란 눈에 한가득, 졸음을 담고 우리를 바라보았다.

　"이제, 집에 가는 거야?"
　"그래, 너무 늦었지?"

딸아이는 아무것도 한 게 없었다. 그냥 가만히 앉아 있었다. 그렇게 가만히 앉아서도 악마의 사탕발림에 넘어갈 뻔했던 엄마, 아빠에게 천사를 보내 주었다. 아니, 그 순간 아이 자신이 천사였는지도….

자식은, 그 존재만으로도
천사 같은 내 편인 셈.

내 걱정

남편과 연애하던 시절. 지하철역 안에서 만나기로 한 적이 있었다. 각자의 집에서 지하철을 타고 오다가 내려서 맨 앞 플랫폼 쪽에 서 있기로 했다. 나는 시간에 맞춰 집을 나서서 약속한 역에서 하차하여 이동했다. 그런데 삼십여 분이 지나도 그가 나타나지 않았다. 당시는 재벌 2세들이나 휴대폰을 갖고 다닐까 말까 한 시절이라 연락할 방도 없이 막연히 기다릴 수밖에 없는 상황.

데이트 나온다고 굽 높은 구두를 신었는데, 의자도 없어 마냥 서 있으려니 보통 힘든 게 아니었다. 성난 밀물처럼 쏟아지고, 다급한 썰물처럼 빠져나가는 사람들 속에서 뾰족구두 위에 올라 이리 차이고 저리 흔들리다 보니, 마라톤 완주라도 하고 온

것처럼 고단했다. 급기야 한 시간이 지났다. 그냥 가야겠다고
생각하는 찰나, 저만치서 다가오는 그가 보였다.

나는 있는 대로 눈을 구기며 그를 노려보았다. 그런데 웬걸?
손이 발이 되게 빌어도 모자랄 판에, 저만치서 오다 말고 우뚝
서더니 내 쪽을 향해 곱지 않은 시선을 보내는 게 아닌가?

그러다 동시에 터뜨린 우리의 첫마디는 이랬다.

   나   "뭐하다 이렇게 늦어?"
   그   "아, 걱정했잖아!"

진상을 알고 보니 '범인'은 나였다. 지하철을 타고 오는 방향이
서로 다른 걸 생각 못 하고, 내가 타고 온 방향의 맨 앞으로 갔
기 때문이다. 그러니까 우리는 서로 극과 극에서 오매불망 서
로를 기다렸던 셈.

대체 뭘 하느라 늦는지 그를 타박하는 동안, 그는 내내 나에게
무슨 일이 생겼는지를 걱정했다.

데이트하면서 약속에 늦는 사람은 늘 나였지, 좀체 지각하는 법이 없는 사람이었는데…. 평소에 잘 안 늦는 그를 나는 타박하고, 평소에도 잘 늦는 나를 그는 걱정했다. 가슴을 쓸어내리며 안도의 숨을 내쉬는 그를 보고 생각했다.

'저 남자랑 결혼해야겠다.'

꿈에

"엄마, 나, 다니던 회사 그만뒀어."

"와? 누가 못살게 굴드나?"

"말하자면 복잡타."

"야야, 복잡하면 안 된데이. 해골 복잡해지면 그기 만병의 근원
인기라. 마, 잘했다! 이참에 푹 쉬뿌라."

"돈은 우짜고?"

"그것도 걱정 말그라. 조만간 니한테 돈, 다발로 들어온다."

"뭔 소리고."

"내가 기똥찬 꿈, 안 꿨나."

"맞나?"

"하모! 이런 길몽도 없는 기라."

"맞나?"

"하모! 내만 믿그라."

"내, 돈 마이 버나?"

"기똥차게 번다."

"꿈에 내가 나왔드나?"

"아니, 사람은 안 나왔다."

"그기 내가 돈 마이 버는 거하고 무슨 상관이고?"

"암튼지간에 자식이랑 상관있는 기다."

"맞나?"

"하모."

"아까 오빠야 문자 왔데이. 출장 간 일 잘 된거 같드라."

"아, 맞나?"

"맞다. 사진도 보내왔다."

"아, 그라믄 그기 느그 오래비 꿈인갑따."

"엄마아!"

"마, 괘안타!
니 꺼도 또 꿔 주꾸마는."

남편, 남의 편?

인생 선배들이 하던 말. 남편이 '남편'인 이유는 '남의 편'이기 때문이라고. 남편이란 사람은, 시어머니, 시누이 원망하면 무조건 자기 식구 편, 부부 동반 모임에서는 대놓고 친구 부인 편, 친구와 다투고 하소연하면 노골적으로 내 친구 편, 머리 커진 아이들이 속 모르는 소리를 할 때는 아이들 편. 그럴 테니 각오하라 했다.

살아보니, 과연 그랬다. 남편은 남의 편. 과연 내 남편도 내 편으로 느껴진 적이 별로 없었다. 편은커녕, 내가 하는 말마다, 일마다 어깃장 놓기 바쁘고, 누군가와 마음 상한 일이 있어 털어놓으면 대놓고 저쪽 편을 들기 일쑤였다. 남편은 그렇게, '줏대있게' 남의 편인 것만 같았다.

연애 때부터 결혼하고 같이 산 세월까지 25년을 채워 가면서 슬슬 드는 생각이 있다. 남편이 시댁 식구들 편을 들어서 내가 지금 시댁 식구들과 잘 지내고 있고, 남편이 친구 부인 편을 들어서 내가 아직도 친구 부인들과 잘 지내고 있고, 남편이 나와 다툰 사람 편을 들어서 내가 그 사람과 화해할 수 있었고, 남편이 아이들 편을 들어서 아이들이 오히려 날 이해해 주는 것 아닐까, 하는 생각.

다른 사람들은 어떤지 몰라도 적어도 내 경우는 그런 것 같다. 남의 편인 것 같은 남편이 사실 잘 보면 내 편이 맞는. 그래서 나는, 부부 동반 모임에서 자기 아내보다 남의 아내가 더 예쁘다고 난리 치는 이 남자와

다음 사반세기도 그럭저럭 한이불 덮고 잘 수 있을 것 같다.

엄마들은 모두 자매다

오빠가 군 제대를 하고 한참 지난 어느 겨울. 한 예능 프로그램에서 신병들의 실제 훈련 모습을 보여 주었다. 사방은 온통 얼음 낀 눈밭. 솜털이 채 가시지 않은 스무 살 남짓의 신병들이 웃통이며 군복 바지를 벗어 던지기 시작했다. 당시는 명치 아래부터 아랫배를 가로지르는 '초콜릿' 복근을 쳐주는 시절이 아니었기에 신병들의 몸통은 처녀처럼 희고 수줍었다.

고드름처럼 차고 뾰족한 지휘관의 호루라기 소리를 신호로, 신병들은 두려움과 의무감이 뒤섞인 비장한 얼굴로 살얼음 덮인 물속으로 뛰어들었다. 지휘관의 구령에 맞춰 절도 있게 냉수마찰을 하는데, 뽀얗던 몸들은 속절없이도 점점 벌겋게 얼어붙어 갔다.

그 순간, 옆에서 티브이를 같이 보고 있던 엄마가 채널을 바꾸라고 외마디 비명을 올렸다. 화들짝 놀란 내가 채널을 돌렸고, 엄마는 못 볼 걸 본 사람처럼 눈까지 질끈 감았다. 오빠가 제대한 지는 이미 몇 년 지난 뒤였다. 그런데도 엄마는 냉수마찰을 하는 신병들 속에 당신의 아들이 있기라도 한 듯, 그 광경을 차마 눈 뜨고 볼 수 없이 끔찍해 했다. 일면식도 없는 신병들이 모두 진한 피로 이어진 금쪽같은 아들이요, 조카라도 되는 듯….

세상 모든 엄마들은 자매다.
내 자식이 네 자식 같고
네 자식이 내 자식 같은 마음이 되니 말이다.

지금, 들어 줄 수 있어요?

나는 집 안팎에서 뭔가 심상찮은 일이 생기면 남편이 퇴근해 들어서기 무섭게 일의 정황을 늘어놓는다. 넥타이를 푸는 남편을 졸졸 따라다니며, 밥 먹는 남편 앞에서 침 튀겨 가며, 누가 어쨌고, 누가 그랬고, 누가 어떻게 그럴 수가 있는지, 고자질에 바쁘다. 남편이 그 당사자라도 되는 양, 언성 높이고 삿대질도 하고…. 결국, 어느 지점에서 지친 듯 깊은 한숨을 내쉬는 남편. 이어 내 입에서는 마른 푸념이 터진다.

"당신, 내 이야길 듣고 있긴 한 거야?"

나는 성의 있게 들어 주지 않는 남편이 야속하고, 남편은 일방적으로 쏟아 붓는 내가 불편하고….

물론, 입장이 바뀌는 경우도 있다. 남편도 신경 쓰이거나 마음 상하는 일이 있으면 설거지하는 내 등 뒤에 바짝 서서, 혹은 마감 임박한 글쓰기에 여념 없는 내 책상 앞에서 하소연할 때가 있다―나보다 분량은 짧아도―. 그럴 때 내 반응도 남편과 비슷하다. 들어 주려 노력은 하지만, 간간이 깊은 한숨을 터뜨리거나 주기적으로 건조한 '응, 응'만 연발한다.

우리는 가족의 귀를 '늘 열려 있는 귀'라고 마음대로 생각해 버린다. 가족의 귀도 들어 줄 준비가 필요하다는 생각은 잘 못 한다. 집 밖 사람들에게는 곧잘 하면서 가족들에게는 인색한 말.

"지금, 내 얘기 좀 들어줄 수 있어(요)?"

가족이라도 이 정도 '최소한의' 매너는 지켜 줘야 한다. 나부터 오래도록 잊고 살았음을 고백한다. 아니, 생각조차 못 하고 살았다. 이 최소한의 매너를 지킨다면 가족은 누구보다 우리 이야기를 잘 들어 줄 사람들이다. 성가시고 귀찮아서가 아니라 같이 속상해서 한숨 쉬어 줄 사람들이다. 공감의 한숨 말이다.

가족이니까.

바뀌지는 않아도

남편은 표현에 인색한 편이다. 원래 말수도 적고, 워낙 숫기가 없기도 하다. 내 생일이나 결혼기념일에 자발적으로 선물 한 번 해 준 적 없고, 평생 가야 꽃다발 한 번 사 들고 온 적이 없는 사람이다.

마음이 있으면 표현은 나오기 마련이라고 생각하는 나, 다 필요 없고 마음만 있으면 된다는 남편…. 그나마 마음은 있다 하니 불행 중 다행이라 여기며 산다.

남편이 다니는 회사에서 사무실을 따로 냈다. 남편만 있으니 가끔 연락 없이 점심을 싸 들고 들른다. 한번은 같이 점심을 먹고 나와 엘리베이터를 타려는데, 남편이 엘리베이터 버튼을 눌러 주었다. 내가 올라타니 이번엔 엘리베이터 안으로 손을 넣어 층수 버튼까지 눌러 주는 게 아닌가?

"해가 서쪽에서 떴나, 웬일이래?"

말수 적고 숫기 없는 남편이 머쓱한 표정으로 엘리베이터 문 뒤로 사라졌다. 집에 오는 내내 실실 웃음이 샜다.

맞다. 사람은 바뀌진 않는다. 그런 기대는 안 하는 게 좋다. 누굴 바꾸려는 시도는 아예 꿈도 안 꾸는 게 낫다. 그런데 사람은, 바뀌진 않아도 '발전'은 하는 것 같다. 발전의 주체가 '사람'이 아닌, '관계'라 보는 쪽이 맞을 수는 있겠지만 말이다. 남을 바꾸려는 시도나 노력은 적게 할수록 좋지만, 관계의 발전을 위한 시도나 노력은 많이 할수록 좋다. 시간이 무지하게 오래 걸릴 수 있다는 각오는 해야 한다.

나와 남편만 해도,
25년째다.

둘째 시누이 다녀갈 때

둘째 형님이 우리 집에 다니러 왔다. 미국에 살고 있는 친구분들과 캐나다로 자동차 여행을 다녀오는 길이었다. 평소, 잠을 못 주무신다기에 바뀐 잠자리로 불편하지 않을까 염려했는데, 아침 열 시 넘어까지 자고 일어난 형님은 오랜만에 푹 잘 잤다며 편안하게 웃었다. 형님은 친구들과 지겹도록 관광을 다녔으니 가벼운 쇼핑이나 하면서 쉬겠다고 했다.

형님 떠나시는 날. 워싱턴 친구 집에 들렀다가 가기로 한 형님을 뉴욕의 고속버스 터미널로 모셔다드렸다. 미국식으로 굿바이 허그를 나눌 때, 형님이 날 안은 채 등을 두드리며 말했다.

 "또 보자."

그 쉬운 약속을 나도, 형님도 지킬 수가 없게 되었다. 한국으로 돌아간 뒤 잇몸에서 자꾸 피가 나 병원을 찾은 형님에게 급성 백혈병이란 청천벽력 같은 진단이 내려진 것이다. 항암치료가 시작되었고, '자꾸 빠져서 그냥 밀어 버렸어'라는 문자와 함께 머리를 민 채 희미하게 웃고 있는 형님의 사진이 전송되었다.

형님은 투병 1년 남짓 만에, 쉰여덟의 아까운 나이로 세상을 떠나셨다. 죄송하게도, 나는 장례식에 가지 못했다. 제대로 울지도 못했다, 실감이 안 나서.

고단하다며 우리 집 소파에서 짧은 낮잠을 주무시던 형님이 생각난다. 우리 집 욕실 매트가 너무 헤졌다며 한국에 돌아간 뒤에도 바꿨냐 확인하시던 형님이 생각난다. 마지막 선물로 주신 파란색 손지갑을 보면 생전에 멋쟁이셨던 형님이 생각난다. 음력이라 놓치기 쉬운 내 생일을 꼬박꼬박 챙겨 주시고, 가끔 투정하면 시집살이 하소연을 시누이에게 하는 사람이 어디 있냐며 어깨를 안고 도닥여 주시던 형님이 생각난다.

그렇게 생각은 가득한데, 나는 도통 제대로 울 수가 없다. 어떻게든 형님을 뵈어야지, 그전에는 실감이 안 날 것 같다.

내 삶에 그득하게 차 있던 형님의 내 편 자리,

시리도록 허전한 빈자리에

형님의 마지막 말이 메아리친다.

"또 보자."

참 쓸모 있는 구덩이

그녀와 나는 대학 때 친구의 친구로 만났다. '친구의'에 해당하는 친구가 우리 둘과 절친 지간이라 같이 자주 어울리다 보니, 어느덧 '친구의'를 빼고 그냥 '친구'가 되었다. 그녀에게는 우리 중 유일하게, 그것도 사회인인 애인이 있었다. 그 애인은 '돈은 없는데 배는 자주 고픈' 우리의 밥값이며 커피값을 늘 웃는 낯으로 치러 주더니, 두어 해 뒤 그녀의 남편이 되었다. 결혼한 뒤에도 그녀 부부는 '돈은 없는데 배는 자주 고프고 이젠 술까지 고픈' 친구들의 뒤치다꺼리를 또 웃는 낯으로 했다.

그러다 나도 결혼을 했고, 결혼 뒤 나는 미국으로 이주했다. 그녀와 나 사이의 물리적인 거리는 '비행기로 열다섯 시간'만큼 멀어졌지만, 마음 거리는 지척인 채로 이십여 년이 흘렀다.

5년 전, 한국에 갔을 때 친구는 충청도 시골로 내려가 있었다. 입대를 앞둔 큰아들이 폐에 이상이 생긴 데다 남편 사업 부진이 겹쳐 서울 살림을 정리했단다. 서울에서 고속버스를 타고 두 시간 반 남짓 걸려 도착한 터미널에서 친구 부부의 마중을 받았다. 그간 안팎으로 고단했을 텐데도 두 사람은 눈이 다 안 보이게 웃으며 날 맞아 주었다.

큰아들은 다행히 건강이 호전되어 뒷마당에다가 저녁상을 도맡아 차렸다. 허리가 찌그러진 드럼통 위에 불판이 올려지고, 고기가 구수하니 숯 향기를 배고 익어 갔다. 모처럼 마주한 고국의 전원 풍경은 평온하고 아늑했다. 저녁 해를 품고 감빛으로 물들어 가는 낮은 하늘, 그 아래로 겸허히 트인 논과 밭….

오랜만의 해후를 즐기라며 수저를 뜨는 둥 마는 둥 하고 두 아들이 일어서자, 친구 남편도 안줏거리를 좀 더 내와야겠다며 집 안으로 들어갔다. 세 남자가 사라지기 무섭게, 남겨진 두 여자의 입은 바빠졌다. 그즈음 타국 생활에 지쳐 가던 남편, 그런 남편의 모습에 더불어 지쳐 가던 내 지난한 형편을 친구에게 고해바쳤다. 드럼통 안에서 까맣게 익어 가는 고구마를 묵묵히 겨누던 그녀의 시선이 문득, 부엌 창으로 향했다.

"우리도 만만치 않았지. 다 키워 놓은 아들이 덜컥 쓰러져 밑 빠진 독에 물 붓는 식으로 병원비가 들어가는데, 남편 사업은 때맞춘 듯 주저앉고…. 그때, 우리 저이는 어땠는지 아니?"

친구는 부엌에서 냉장고 문을 열었다 닫았다, 부산한 남편에게 시선을 그대로 둔 채 말을 이었다.

"여기로 이사 와 얼마 안 되었는데, 하루는 이 사람이 보이질 않아. 어딜 갔나 싶어 전화를 해도 안 받아. 저녁 무렵에야 집 뒤로 좀 떨어진 텃밭에 있는 걸 찾았지. 하루 종일 예서 뭐했냐며 들여다봤더니, 이 사람이 거기다 웬 구덩이를 판 거야. 왜 파는지도 모르고, 뭐에 쓰려고 파는지도 모를 쓸모없는 구덩이를 많이도 팠더군. 그걸 파고, 또 메우고, 또 파고, 또 메우고 했나 봐. 종일…."

쓸모없는 구덩이를 파고 또 파는 친구 남편의 맥없는 모습에, 하릴없이 소파에 앉아 졸거나 티브이를 보다가 주기적으로 마루 꺼져라 한숨을 뿜는 내 남편의 모습이 겹쳐졌다. 속없이 반가운 마음이 들어, 나는 아예 노골적으로 속풀이를 해 볼 참이었다. 그런데 친구가 안경 안으로 손가락을 넣어 살짝 눈가를 훔치며 꺼낸 말은 뜻밖의 것이었다.

"얼마나 힘들면 그러고 있었겠어. 그 어느 때보다 많이 벌어 와야 하는 때에 그 어느 때보다 못 벌어 오게 생겼으니, 그 속이 오죽했겠어."

풀어놓으려면 속내를 급히 삼키고 쳐다보는 나를 향해, 갑자기 넉살 좋은 웃음을 터뜨리더니 친구가 말했다.

"그래서 내가 그랬어. 여보, 여기다 김장독 묻으면 좋겠네! 이 옆에다 구덩이 몇 개 더 파 줘."

친구 남편은 예상치 못한 아내의 반응에 짐짓 놀란 듯했지만, 암말 않고 구덩이에 다시 삽을 꽂더란다. 그때 남편이 암말 않는 대신 짓던 표정을 그녀는 오래도록 잊을 수 없을 거라고 했다. 얼마 안 있어 친구 남편은 서울에서 일을 구했고, 그 바람에 둘은 주말부부가 되었단다. 그렇게 두 사람은 저만치서 서로의 모습이 보이면 연애 시절처럼 가슴 두근거린다는, '닭살' 부부로 살고 있다.

나는 새벽녘에 친구 집을 나섰다. 버스 창밖에서 나를 향해 손 흔드는 두 사람을 보면서 생각했다. '나' 힘든 것보다 '너' 힘들 걸 더 생각하는 부부 앞에서는 그 어떤 불운이나 불행도, 기세 좋게 들이닥쳤다 맥없이 쓸려 돌아가는 파도에 지나지 않겠구나, 라고.

그날, 나는 한국에 와 처음으로 남편에게 전화를 걸었다. 홀로 남아 하루 종일 소파에 몸을 묻은 채, 허공에 '쓸모없는 구덩이'를 파고 있을 남편에게 일정을 줄여 빨리 돌아가겠노라고 했다. 아쉽게도 내 친구처럼, 쓸모없는 구덩이를 더 파 달랄 용기는 나지 않았다. 용건이 끝났는데, 남편은 전화를 끊지 않고 있는 듯했다. 무슨 말을 더 할까 주저하는 사이, 지난밤 시골집 뒷마당에서 했던 친구의 말이 떠올랐다. 노란 군고구마 속살을 내게 내밀며 친구는 말했다.

"김칫독도 넣어 두고, 된장독도 넣어 두고…. 우리, 그 구덩이, 두고두고 참 잘 쓴다, 너."

나는 전화기를 쥔 채 그냥 웃었다.
군이 더 말 안 해도, 그걸로 족한 것 같아서….

02

나를
· 기
· 대
· 게
해
주
는
내
편,

친구

당신과 리무진을 타고 싶어 하는 사람은 많겠지만,
정작 여러분이 원하는 사람은
리무진이 고장 났을 때 같이 버스를 타 줄 사람이다.

_ 오프라 윈프리

편 먹기

아직은 '친구'라 하기 뭣한 지인이 처진 얼굴로 찾아왔다. 대여섯이 어울려 만나는 모임이 있는데 아무래도 '따'를 당한 것 같단다. 그 뒤로 긴 사연이 이어졌다. 한숨, 탄식이 간간이 섞이고, 그 대여섯 중 누군가의 몸짓이나 말투가 재연되기도 했다. 다른 약속이 있었지만, 나는 시계를 들여다볼 수 없었다.

"내가 정말 잘못한 걸까요?"

그이의 질문에 나는 선택의 여지가 없었다. "아뇨."라고 해 줄 수밖에…. 속상해하는 사람에게 동조 말고, 청자聽者가 줄 수 있는 게 또 있을까? 내 좁은 사견에 그이가 실수한 것처럼 느껴지는 부분이 아예 없지는 않았지만 그렇게 말할 수는 없었다. 사람 사이의 잘잘못을 딱 잘라 구분할 수 있나, 어디…. 사람은 그저 '편'이 되어 줄 수 있을 뿐이다. 가끔은, 잘잘못 따져볼 겨를이나 여지없이 무작정 말이다.

그날 그이는 편이 필요했고, 나는 그이 편이 되어 주었다. 그후로 나와 그이 사이에는 앞으로 오래도록 같은 편이 되기로, 이를테면 '편 먹기'를 하자는 무언無言의 약조 같은 게 이루어졌다.

친구, 말이다.

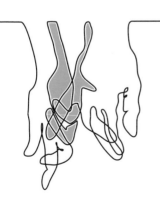

담대한 방패

살다 보면 억울한 소리를 들을 때가 있다. 내가 하지도 않은 말을 했다 하고, 내가 하지도 않은 일을 했다 하는 소리들… 희한하게 그 소리들은 내가 잘 모르고, 또 나를 잘 알지 못하는 사람들이 근원일 때가 대부분이다. 그런 소리가 들리면 득달같이 해명하고 호소하고 싶다. 내가 하지 않았다고 입증하고 싶은 마음이 하루 종일 널뛰곤 한다.

그런데 하지 않았다. '비방'에 가장 현명한 대응책은 '무반응'이라는 누군가의 조언이 와 닿았기 때문이다. 그이는 내가 억울해할 소리는 맞겠지만, 억울해할 필요 없다고 했다. 자기가 그 소리를 믿지 않는다고 말이다. 고맙기 한량없으면서도 나는 얼핏, 그게 억울한 소리가 아닐 수도 있지 않냐고 되물었다.

혹시, 사실일 수도 있지 않냐고.

그때 그이가 내게 해 준 대답은, 앞으로 살면서 내가 겪을 어떤 비방이나 헛소문에도 담대한 방패가 되어 줄 만한, 아니 그러고도 훨씬 남을 만한 것이었다.

"내가 널 몰라?"

날 잘 아는 사람들이 날 믿으면
세상도 날 믿는 것이다.

끝까지 미안하기

아는 엄마의 아들 생일을 깜빡 잊었다. 생일 파티 초대장을 전자카드e-card로 받아 놓고서. 통화까지는 아니어도 문자 정도는 자주 나누는 사이였는데, 문자가 눈에 띄게 줄어든 날짜를 짚어 보니 내가 그이 아들 생일을 잊고부터였다.

생일이 며칠 지나고서야 알고는 어찌나 미안하던지. 혼자 있는데도 얼굴이 달아올랐다. 우리 아이 생일 파티 때 미리 와서 잔일을 도와주었던 사람이었기에 더더욱 미안했다. 어떻게 수습해야 하나, 머리가 복잡해지다가 반동처럼 그만, 변명이 고개를 쳐들고 올라왔다.

초대장을 한 달이나 미리 보내 왔으니 잊어버리지, 생일 전날

귀띔 좀 해 주면 어때서…. 그냥 남들처럼 우편으로 초대장을 보내 줬으면 냉장고 문에 딱 붙여 놓고 안 잊었을 텐데, 군이 전자카드로 보내서는….

거기까지 변명이 늘어지자 미안해서 쭈그러들던 내 마음은 '남 탓'으로 급선회하며 기가 살아나기 시작했다. 또, 분명 문자로 사과했는데, 답이 없는 그이의 태도에 '남 탓'은 더 기세등등해졌다. 급기야 나는 '남 탓'을 생각으로만 잡아 두지 않고 문자로 찍기 시작했다.

몇 문장 쓰고 있는데 그이에게서 전화가 걸려왔다. 문자를 찍던 손을 멈추고 전화를 받았다. 그이는 내게 서운했노라 솔직히 털어놓았다. 내게 화난 게 아니라 순전히 서운할 따름인 마음이 목소리로 전해졌다.

사정을 듣고 나니 처음보다 더 미안해졌다. '나도 실수는 했어요. 하지만 그쪽도…'로 시작되던 문자를 다급히 지웠다. 지우는 손가락마저 어찌나 부끄럽던지….

한 번 미안하면 끝까지 미안한 거다. '미안해, 하지만sorry, but'

은 미안한 게 아니다. 거기다 '하지만' 이후의 내용을 상대가 공감해 주리라는 보장도 없다. 공감은커녕, 이쪽의 잘못이나 실수만으로 끝낼 일에 괜히 뻔뻔함까지 얹을 위험도 있다.

'미안해'에서 '하지만'을 덜어내고,
귀한 내 편 한 사람을 지킬 수 있었다.

틈

주변에 늘 사람 많은 이가 있다. 결혼식 때 지인 기념사진을 드라마 미니시리즈처럼 3부로 나눠 찍는 바람에 사진사 입에서 연예인 아니냐는 말까지 나왔단다. 주변에 늘 사람이 많으니 그이는 늘 약속에 바쁘고 시간에 쫓긴다. 그이와 약속을 할라치면 그이는 "잠깐, 확인 좀…" 하면서 두꺼운 스케줄러를 꺼내 든다. 거기에는 향후 두 달 동안, 누구를 만나고 누구를 초대하고 누구를 방문하는 일정이 빼곡하다.

도저히 비집고 들어갈 자리가 없어 보이지만, 그이는 아침 약속 전이나 늦은 점심 약속 전 한 시간 정도의 티타임을 고맙게도 내주곤 한다. 나와 만나고 있는 중에도 그이와 만남을 원하는 전화가 몇 차례 걸려온다. 그이는 또 스케줄러를 꺼내 그 약속들을 끼워 넣을 여지를 찾아 고심한다. 가족 동반이랄지, 더 많은 사람이 관여되면 한두 달 전 예약이 필수다. 이렇고 보니, 그이와 약속이 성사되면 나는 복권에 당첨된 듯 우쭐해지기까지 한다.

사람들이 그이를 만나려 안달하는 이유가 있다. 그이는 남의 말을 귀 기울여 들어주지만 자기 생각을 표현하기도 잘한다. 남의 집에 가서 맛있게 음식을 먹어 줄 뿐 아니라 자기 집으로 불러들여 먹여 주기도 좋아한다. 흔쾌히 '예스yes'를 할 줄 아는 것만큼, 지혜롭게 '노no'를 할 줄도 안다. 그런 그이를 만나면 나는 늘 즐거워진다. 다른 사람들도 그럴 것이다.

어느 날, '웬일로' 그이 쪽에서 나를 찾아왔다. 평소와 달리, 목소리에 기운이 없었다. 자기가 참 좋아했던 지인이 작별 인사도 없이 다른 주州로 이사를 갔다고 했다. 전화번호가 바뀌지 않았을지 모르니 전화를 해 보라 했다. 그랬더니 이미 통화를 했고, 지인이 한 말 때문에 속상하다고 했다.

"당신이 날 특별히 생각하는 줄은 몰랐어요. 모두 당신을 좋아하고 당신도 다 좋아하잖아요."

누가 들어도 인간관계 좋다는 '칭찬'인데, 그이는 힘 빠진 목소리로 이렇게 말했다.

"내겐 그 사람을 특별히 생각하는 걸 보여 줄 틈이 없었나 봐요."

그날, 내 '짧디짧은' 휴대폰 연락처 목록이 품은 '여백'의 무게가 새삼 다르게 다가왔다. 그 목록이 기대하는 게 꼭 '채움'만이 아닐 수도 있겠구나,

'틈'일지도 모르겠구나, 하고.

마음 쓰기

친한 선배에게서 급한 문자가 왔다. 친정어머니 병환으로 갑자기 한국에 가야 하는데 급히 비행기 표를 알아볼 데가 있냐고 했다. 마침 여행사에 다니다 얼마 전 독립한 지인이 있어 연결해 주었다. 고맙다는 인사면 될 것을, 선배는 군이 미안하다는 말을 보냈다. 전화 한 통화면 족한 가벼운 수고였지만, 선배 입장에서는 내 시간을 축낸다 생각해 그러는가, 했다. 그런데 선배가 군이 미안하단 말을 보탠 연유는 그게 아니었다.

  "너도 한국 가고 싶을 텐데…."

그러고 보니, 그리운 이들이 있는 한국을 다녀올 때가 한참 지나 있었다. 이런저런 사정으로 생각 못 하고 있었는데 선배가 거기까지 생각해 준 거다. 당사자인 내가 미처 닿지 못한 '거기까지' 남이 닿아 주는 마음….

그래서 '마음을 쓴다'는 표현이 있나 보다. 나를 위해서는, 마음을 먹거나 고치기는 해도, '쓴다'고는 안 하는 것 같다. 마음을 쓰는 대상은 늘, '나'가 아닌 '남'이다.

마음을 쓰면 남에게 닿는다.
작은 마음이라도 말이다.

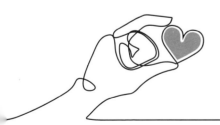

야, 마셔

쓴 술 한잔 하자는 친구와 마주앉았다. 뭐 속상한 일이 있었는지, 친구의 발개진 눈이 나를 노려본다. 친구의 흔들리는 손가락이 나를 가리킨다.

"친구야, 넌 나 이해하지?"

그럴 때, 친구에게 내가 제일 많이 해 주는 대답은 이거다.

"야! 마셔!"

그러면 처져 있던 친구의 얼굴에서 모든 근육이 활개 치며 살아난다. 눈꼬리가 솟구치고, 입꼬리가 올라가고, 콧구멍이 벌름대고, 귓불마저 씰룩댄다. 그러고서 터지는 환호 같은 외마디.

"그렇지! 넌 날 이해해 줄줄 알았어."

난 그냥 "야, 마셔!" 했는데 친구는 제 맘대로 "암, 이해하고말고!"로 받아들인다.

참 신기한 일은,
그럼에도 불구하고 오해가 별로 없다는 것.

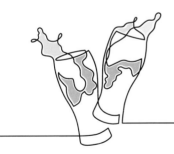

같이 가 주는 사람

친정엄마가 손녀 졸업식을 보겠다며 한국에서 열다섯 시간 비행기를 타고 미국에 왔다. 몇 년 만에 뵙는 엄마는 눈에 띄게 달라 보였다. 꼿꼿하던 허리가 굽었고, 잘 걷지 못했고, 한 번 앉으면 일어서는 데 시간이 걸렸다.

보다 못한 내가 속이 상해 왜 이렇게 약해졌냐고 푸념했다. 엄마는 그래도 이만한 게 어디냐고 했다. 팔십 다 돼서 이렇게 비행기를 탈 수 있는 것만도 어디냐고…. 보고 싶고, 오고 싶은데 볼 수 있고, 올 수 있는 게 얼마나 감사하냐고 했다.

그러다 문득, 엄마 눈가가 빨개진다. 얼마 전 세상을 뜬 친구 생각이 났단다.

"같이 가기로 한 곳이 있는데…. 문길산 꼭대기에 아담한 절이 있어. 거기 같이 가기로 해 놓고 이 친구가 먼저 가 버렸어. 아침에 멀쩡히 통화했는데 그날 오후에 덜컥 세상 떴대. 이 나이 되면 밤새 안녕이라지만…. 지난번에 나 혼자서 거길 다녀왔어. 가서 얼마나 울었는지 몰라. 그 친구가 딱 옆에 있는 것 같더라고…."

더듬어 보면, 친구는 '어딜 같이 가 주는 사람' 같다. 어딜 가야 하는데 혼자 가기 심심하거나 민망하거나, 어쨌든 뭣할 때 동행해 주는 사람…. 친구는 그렇게 동행해 주기도 하고, 친구 아니었는데 그렇게 동행하다가 친구가 되기도 한다.

'동행同行'이란 말 속에는 '시간'과 '공간'이 공존한다. 친구들은 같은 시간 속을, 같은 공간 속을 같이同 간다行. 심지어는 함께하지 못한 시간, 공간에조차 친구는 같이 가 준다.

같이 가기로 한
약속만으로도….

세 친구

중학교 1학년 소녀들이 으레 그렇듯, 우린 셋이 늘 엉켜 다녔다. '셋'이다 보니 '가운데'가 되는 친구가 있었다. 정해 놓은 것도 아닌데 그 친구가 가운데를 맡고, 나와 다른 친구가 오른쪽, 왼쪽을 하나씩 맡는 식이었다. 무언중에 정해진 자리를 놓고 불만을 표하는 사람은 없었다.

어느 날 왼쪽을 맡던 친구와 나 사이에 다툼이 일어났다. 사십여 년 지난 일이라 왜 다투었는지는 가뭇하지만, 학교 근처 분식집에서 떡볶이를 먹던 중이었다는 건 또렷이 기억난다. 왼쪽 친구가 상기된 얼굴로 벌떡 일어나는 바람에 내 하늘색 교복 상의에 떡볶이 국물이 튀었고, 나는 다툼 자체보다 단벌 교복이 상해서 더 마음이 상했다.

우리 둘은 몇 번의 고성과 삿대질을 교환한 뒤, 얼마 먹지 못한 떡볶이 접시와 당황하는 가운데 친구를 뒤로하고 헤어졌다. 그다음 날부터 우리 셋은 늘 함께해 오던 일—도시락을 먹거나, 체육 시간 마치고 수돗가로 달려가거나, 청소 시간에 대걸레질하는 등—을 함께하지 않았다. 가운데 친구는 우리 둘을 화해시키려 애쓰는 기색이었지만, 둘 다 요지부동이라 어느 즈음에 포기한 눈치였다.

솔직히 나는 다툰 친구보다 가운데 친구가 더 신경 쓰였다. 그 친구가 우리 둘 중 누구의 편이 될지 말이다. 모르긴 몰라도, 왼쪽 친구도 나와 다르지 않았을 거다.

그러길 일주일, 토요일 방과 후에 가운데 친구가 매점 옆 키 큰 나무 밑으로 나머지 둘을 불러냈다. 다 같이 보자 한 줄 몰랐던 우리는 서로의 출현을 확인하고 티 나게 실망했다. 그런 우리를 번갈아 보던 가운데 친구가 큰 결심을 한 듯 안경을 추켜올리더니 말했다.

"너희 둘, 잘 들어. 너희 둘이 화해 안 하면, 둘 다 친구 안 할 거야. 여기서 결정해. 화해하든 나하고도 절교하든…."

가운데 친구의 폭탄선언에 일주일 만에 서로의 얼굴을 정면으로 처다본 우리. 말로는 못하고 눈짓으로 승강이를 벌였다.

'어떻게 할 거야?'

'넌?'

'나한테 사과할 거지?'

'웃기시네, 내가 왜 사과를 해?'

'이게 또!'

'그럼, 뭐, 다 끝내자고?'

운동화로 애먼 땅바닥을 콕콕 찍어 대던 우리는 결국 못 이기는 척 손을 맞잡았고—내가 먼저 내민 것 같다, 기특하게도!—, 가운데 친구가 그 손을 또 잡았다. 우리 셋은 잡은 손 그대로 다시 떡볶이를 먹으러 갔다.

까마득한 그 일이 지금도 주변에서 심심찮게 목격된다. 불과 얼마 전 일이다. 셋이 만나다가 둘이 다퉜는데, 남은 한 명이 둘을 따로따로 만났단다. 그걸 알게 된 상대가 어이없어하며 제삼자인 나에게 불만을 토로하길래 말했다.

"남은 사람까지 둘을 안 봐야 할까요? 가운데서 어쩌지 못하는 마음을 이해해 주세요."

다툰 상대를 따로 만나는 게 무척 서운했는지, 그이는 내 말에 별로 공감하는 기색이 아니었다. 하긴, 조언이랍시고 도덕 선생님 흉내를 내며 그리 말했지만, 사실 그건 내 진심이 아니었다. 오래전 그 가운데 친구가 생각났기 때문이다. 그 친구는 고작 열네 살이었지만, 어쩌면 어른보다 '친구'의 의미를 더 잘 알고 있지 않았나 싶다.

그 아이는 두 친구 중 어느 하나를 택하지 않았다. 그렇다고 따로따로 만나지도 않았다. 다툰 두 친구가 화해하지 않으면 자기도 더 이상 친구 안 하겠다며 친구를 둘 다 잃을 수 있는 위험을 감수했다. 그렇게 하면서까지 지키고 싶은 게 있었던 건 아닐까? 바로, '세' 친구 말이다

사십여 년 전 그 아이는 알고 있었던 거다.

여럿이 만든 관계를 지키려 노력하는 마음이라면
낱낱의 관계 역시 지켜낼 수 있음을.

잘 익은 속내

속내를 어지간히도 잘 드러내는 사람.
속내를 어지간하면 안 드러내는 사람.

속내를 잘 드러내는 사람은
속내를 드러내야 가까워진다고 생각한다.

속내를 안 드러내는 사람은
속내를 드러내면 멀어진다고 생각한다.

답은, 나도 모르겠다.

다만, 속내는 속에 있어 수줍음이 많지 싶다. 그래서 시간과 더

불어 자연히 드러나게 두면 좋지 싶다. 속내가 수줍음을 극복
할 수 있게 자꾸 들추지 말고 가만히 덮어 두는 게 좋지 싶다.
수줍음을 극복한 속내는 웅크리고 있던 시간만큼 잘 익어 복
숭아 속살처럼 보드랍고 어여쁠 테니 우린 그저, 최선을 다해
조심스레 품어 주면 좋을 성싶다.

속내를 내보인 사람도 부끄럽지 않게,
속내를 본 사람도 부담스럽지 않게….

나이

나보다 나이가 적은 사람은

내가 과거에 한 실수를 보여 주는 거울.

나와 나이가 같은 사람은

내가 지금 할 수 있는 실수를 보여 주는 거울.

나보다 나이가 많은 사람은

내가 미래에 할 실수를 보여 주는 거울.

그래서 '벗'은 굳이 나이를 구분할 필요가 없다.

모두 내게 가르침의 거울이 되어 준다.

살면서 실수는 하게 마련이지만

될수록 이런 실수는 하지 말라 가르쳐 주는.

너,
괜찮니?

대학 때 매일 붙어 다니던 친구가 있다. 한때 가족보다 더 오랜 시간을 보냈는데, 지금은 바다를 사이에 두고 멀어져 사이가 서먹해졌다. 다른 나라에서 다른 하루를 살며 갈수록 공감대는 얕아졌다. 전화 통화는 줄어들고, 문자 길이는 짧아지고….

어느 날, 새벽에 친구의 문자가 날아들었다.

"신문에서 보니, 너 사는 곳 근처에서 기차 충돌 사고가 있다는데, 넌 괜찮니?"

우정의 깊이는,
문자의 길이에 반드시 정비례하지는 않는다.

거기 어디야?

뒤에서 "꽝!" 부딪는 벼락같은 소리와 더불어 차가 전방으로 몇 미터 미끄러졌다. 십 초 남짓한 짧은 순간에 머릿속에 오만 생각들이 다급히 질주했다. 오로지 한 가지, '나는 오늘 죽는구나'라는 생각에서 파생된….

곧이어 날카롭게 귀를 찢는 경찰차, 구급차 사이렌 소리가 요동쳤다. 비틀거리며 차에서 내리는 내게 응급대원이 다가들더니, 손가락을 내 눈앞에서 흔들며 몇 개냐 물었다. "두 개."라고 대답했는데 틀린 모양이었다. 응급대원이 동료에게 신호를 보내자 내 등에 들것이 대어지고 머리며 목, 가슴에 굵은 밴드가 묶였다. "원, 투, 쓰리!" 구령과 함께 나는 그대로 기울어져 구급차로 빨려 들어갔다.

병원에 도착하자마자 나는 병실 침대로 옮겨졌다. 의사가 오기 전 잠시 홀로 있게 된 틈을 타 병원 전화를 빌렸다. 아는 이들 전화번호는 모두 휴대전화 주소록에 들어 있고, 내 머릿속에 '기억'으로 저장된 건 남편 번호뿐이었다. 구급차 안에서 응급 요원이 대신 전화를 해 줬으니, 남편은 필시 발이 안 보이게 달려오고 있는 참일 테고…. 사고의 충격이 가시지 않아 전화기를 든 손이 벌벌 떨렸다. 그냥 어디든 전화를 걸고 싶었다. 아니, 걸어야 할 것 같았다. 어려운 수학 문제를 마주한 수험생처럼, 무수한 숫자들을 합치고 헤치기를 반복하다가 용케 맞춰진 번호 하나! 아는 언니였다.

"언니, 나, 수정이."
"어? 그런데 번호가 왜 이래?"
"어…, 그게…."
"너, 무슨 일 있니?"

기껏 전화를 걸어 놓고는 정작 "나, 사고 났어."가 대뜸 나오지 않았다. 세심한 언니 성격에 크게 걱정부터 할 거라는 생각이 그제야 들었던 거다. 언니를 놀라게 하지 않고 상황을 어떻게 전할까, 잠시 고민하는데 저쪽에서 다급한 소리가 들렸다.

"거기 어디야, 나 지금 출발할게."

병원 주소를 불러 주고 전화를 끊었다. 내게 범상치 않은 일이 생겼다는 느낌만으로, 자세한 정황 따윈 필요 없다는 듯 무조건 출발한다는 언니.

'내 편'이 주는 느낌이 바로 이런 게 아닐까? '네가 무엇을 하든, 네가 어디에 있든, 네가 어떤 상황에 처했든, 내가 할 수 있는 한 최선을 다해 널 도울게. 혹시, 내가 할 수 없는 일이라 해도 시도는 해 볼게'라는 마음.

"거기 어디야?"

이 짧은 말에 '내 편'의 긴 마음이 전해졌다. 언니는 바로 출발한다는 말이 무색하지 않게, 뉴욕 일터에서 뉴저지 병원까지, 사십 여 분만에 병실로 들어섰다. 고맙다고 절해도 모자랄 판에, 언니를 보자마자 나는 여기저기 아프다고 투정부터 부렸다.

머나먼 한국에서 맨발로 달려온
엄마를 보는 것 같아서…

가려 듣기

점심을 함께하던 중 지인 하나가 털어놓는다. 요즘 알게 된 사람이 있는데, 친하게 지내던 이와 사이가 틀어졌다며 하소연을 하더란다. 하소연이라기보다는 흉보기에 가깝게.

"사실은 원래 속이 좁고 이기적인 사람이었는데 속 좋은 내가 참아 주고 있었던 거지."

흉보기의 상대가 지인도 면식 있는 사람이라, 덮어놓고 동조하기는 불편했단다. 그렇다고 속상해서 미주알고주알 쏟아 내는데 못 들은 척하기도 뭣해서, 간간이 고개도 끄덕이고 "제 눈에도 좀 그래 보이긴 했어요." 하고 맞장구도 쳐 주었다. 그런데 점점 '동조'의 정도가 높아졌다. '그래 보이긴 했어요'가

'필시 그럴 거예요'로, '원래 그럴 거예요'로…. 대화가 이어질수록 걷잡을 수 없이 증폭되더니 대화 말미에는 급기야 "그 사람, 나도 조심해야겠네요."로 정리되어 버렸단다.

이야기를 나누고 며칠 지나 지인에게서 전화가 걸려왔다. 대뜸, 이럴 수가 있냐며 흥분부터 했다. 사이가 틀어졌던 그 두 사람이 화해했는지, 목젖이 다 보이게 웃으며 커피숍에 같이 앉아 있더란다.

두 사람 관계가 회복된 건 바람직한 일이지만, 분위기 타느라 흉보기에 동조했던 자기는 어쩌느냐는 게 요점이었다. 두 사람이 다시 친해지고 보니, 들은 이야기로만 누군가를 '조심해야 할 대상'으로 추락시켜 버린 게 창피하다고…. 지인은 두 절친의 '우정 싸움'에 괜히 연루되어 죄책감만 벌어 온 격이었다.

창피하다 못해 억울한 심정이 십분 이해 갔다. 자리에 없는 사람을 흉볼 때 그게 '진짜' 흉보는 게 아닌 경우가 꽤 많더라는 생각이 뒤이어 들었다. '관심 있다', '좋아한다', '그립다'란 말을 흉보기로 바꿔 하는 경우가 종종 있으니까….

그러니 듣는 사람이 잘 가려들어야 한다. 어떤 이를 두고 하는
말이 흉보기가 맞는지, 아니면 어떤 오해로 못 만나게 됐는데
그리워 죽겠다는 고백인지….

남의 말을 들어준다는 건
이래저래 쉽지 않은 일이다.

마음, 반반씩

이 글을 쓰고 있는 즈음, '나눔'을 실천하는 한 비영리 재단에서 프로그램 디렉터로 일을 하게 되었다. 재단 소개 전단이며 브로슈어 같은 홍보 책자를 분주히 만들어 가는 동안 내 평생 그 어느 때보다 '나눔'이란 단어를 자주 접했다.

나눔. 혀와 입천장이 넉넉하게 맞닿으며 나는 소리. 그래서 입 안 가득 기분 좋게 수분이 머금어지는 소리. 그래서 소리 자체가 참 예쁜 소리. '나눔'은 사람과 사람 사이에서 오가는 예쁜 '마음'이어서인지, '나눔'과 '마음'은 사이좋은 오누이처럼, 참 닮은 소리를 낸다.

세상에 많은 나눔이 있지만, '마음'의 나눔을 생각해 본다. '마음'을 정확하게 '반반씩' 오갈 수 있게 계량하는 저울이 있으면 어떨까? 딱 내가 주는 만큼 받고 딱 내가 받는 만큼 줄 수 있게 말이다. 나는 많이 줬는데 상대는 내게서 받은 게 없다 한다. 나는 받은 게 없는데 상대는 내게 많이 줬다 한다. 마음의 나눔이 똑같이 이루어진다면 이런 일은 없을 텐데, 오간 마음의 양을 정확히 측량할 길 없으니 준 사람은 더 줘서 아깝고, 받은 사람은 덜 받아서 서운하기 일쑤다.

하지만 조금 더 생각해 보면, 마음을 한 치 오차 없이 동량으로 정확히 나눈다고 완벽한 나눔이 될 것 같지는 않다. 실제 나눈 마음의 양이 똑같다더라도, '더 많이 받았다'고 여기는 마음이 나눔의 마음이어야 할 테니. 주고 나서 받은 거 하나 없어도 아깝다고 여기지 않는 마음, 그게 나눔의 마음일 테니….

마침, 오늘은
밤과 낮의 길이가 똑같아진다는 추분이다.

남이면서 나만큼

대학 신입생 때, 친구가 우리 학교에 구경을 왔다. 고등학교 내내 붙어 다니던 절친이었다. 캠퍼스를 한 바퀴 돌고 나와 이야기를 나눌 카페를 찾아다녔다. 그러다 문득 보니, 내가 등에 메고 있던 가방이 열려 있었고 지갑이 사라지고 없었다. 나는 대번에 정신이 혼미해졌다. 사색이 된 내 모습에 친구도 당황했고, 우리는 지나온 길을 되짚어가며 가게마다 쓰레기통을 뒤지기 시작했다.

목적은 하나였다. 지갑을 훔쳐간 도둑이 제발 지갑만은 버려주었기를…. 우리가 찾으려는 건 돈이 아니었다. 늘 지갑에 넣고 다니던 낡고 작은 흑백사진 한 장이었다. 내가 태어나기 전, 아파서 하늘나라로 떠난 큰오빠의 백일 사진이었다. 가족 앨

범에 단 한 장 남아 있던 사진을 빼내어 지갑에 넣고 다녔는데….

학교 근처 쓰레기통을 있는 대로 뒤지고 다녔지만, 지갑은 보이지 않았다. 세상에 왔다가 고작 3년 머물고 떠난 큰 오빠의 유일한 흔적이 사라지니, 오빠가 정말 영영 떠난 것 같았다. 더구나 그 사진을 들여다볼 때마다 세상에서 가장 슬픈 눈이 되는 엄마에게 큰 죄를 지은 셈이었다. 눈물이 절로 나왔다. 훌쩍이며 쓰레기통을 뒤지고 다니는 우리를 사람들이 힐끔거렸다.

그러다 알았다. 울고 있는 이가 나 혼자가 아님을…. 있는 속, 없는 속 서로 다 털어놓고 나누던 그 친구는 사진의 사연을 이미 알고 있었기에 많은 설명이 필요 없었다. 이제 그만 포기하자 할 때, 친구는 꼭 찾아야 한다고 오히려 내 손을 잡아끌었다. 친구는 나만큼 슬퍼 보였고, 나만큼 간절해 보였다.

남이면서, 가족도 아니면서,
'나만큼'의 마음이 되어 줄 수 있는 존재.
듣기만 해도 느껴워지는 이름, 친구.

03

나를

• 특
• 별
• 하
• 게

해

주는

내

편,

저
스
틴

나는 천천히 가는 사람입니다.
하지만 뒤로는 가지 않습니다.

_ 아브라함 링컨

스페셜 키드

미국에서 태어난 내 아들 저스틴(영어 이름)은 올해 열두 살이다. 돌 되어도 걸을 생각도 않고, 말할 의지가 없어 보여 조기중재early intervention 목적으로 집에서 작업치료와 언어치료를 받기 시작했다. 그리고 얼마 후 발달전문의로부터 자폐성 발달 장애Autism Spectrum Disorder; ASD 진단을 받았다.

저스틴이 만으로 세 살 되던 해 9월, 특수 교육 프로그램을 운영하는 유치원에 입학했다. 저스틴의 등교 첫날은 내 평생 잊지 못할 순간으로 뇌리에 깊이 아로새겨졌다. 언제 어느 때라도 '펑' 하고 튀어 올라오는 팝업창처럼….

나는 저스틴을 품에 안고, 작고 노란 스쿨버스를 기다리며 집 앞에 서 있다. 아직 기저귀를 떼지 않은 세 살배기 아이는 제 몸보다 더 큰 책가방을 메고 있다. 아이를 차마 내려놓지 못하고 내내 안은 채, 차라리 버스가 오지 않으면 좋겠다고 생각했다. 어디를 가는지 가늠 못 한 아이는 새카만 눈동자를 끔벅이며 멍하니 생각에 잠겨 있다. 다시 한 번 아이를 힘주어 안고 복숭아 같은 얼굴에 내 뺨을 갖다 대는 순간, '야속한' 스쿨버스가 다가들더니 자동문을 펼친다.

불안한 마음에 운행 보조에게 이런저런 말을 붙여 보지만, 그녀는 영어를 거의 하지 못한다. 납덩이처럼 무거운 마음으로 들여보낸 아이를 운행 보조가 창가 자리에 앉힌다. 먼지로 뿌연 차창 속 내 아들의 얼굴은 더 작고, 더 멀어 보인다. 난생처음 엄마와 반나절 떨어질 참인데도 아이는 불안해하는 기색도, 엄마를 찾을 기색도 없다. 있는 대로 목을 뒤로 젖히고 스쿨버스 천장만 하염없이 올려다보고 있다.

톡톡. 손가락으로 창을 두들기는 소리에 아이가 내 쪽을 쳐다본다. 뭐라 인사말을 해 주고 싶은데, 소리가 나와 주지 않는다. 웃어 주고 싶은데 웃어지지가 않는다. 겨우 손을 흔들고, 겨우 입술로 '바이Bye'를 만들어 보인다.

아이가 창 안에서 조막만 한 손을 들어 희미하게 흔든다. 스쿨버스가 움직인다. 나도 덩달아 움직인다. 버스가 속도를 높이면서 내가 뒤로 처지자 아이의 고개가 뒤로 향한다. 엄마는 왜 같이 안 가는지 궁금한 걸까? 엄마가 자기를 멀리 떠나보낸다고 오해한 건 아닐까? 이걸 '이별'로 받아들이진 않았을까?

아이의 시야에서 벗어나지 않으려 나도 속도를 낸다. 잰걸음은 이내 달리기로, 그러다 전력 질주로…. 버스가 한참 앞으로 내달려가 버렸는데도 나는 큰 도로가 나오는 곳까지, 뒤처진 채 그대로 달린다. 왠지 서면 안 될 것 같아서. 이 아침을 '이별'로 오해한 건 어쩌면 아이가 아니라 나인지도…. 큰 도로에서 좌회전하면서 작고 노란 스쿨버스는 내 시야에서 완전히 벗어났다.

집으로 돌아와 바닥에 굴러다니는 아이 신발이며 옷가지들을 챙겨 정리한다. 저스틴의 작업 치료Occupational Therapy에 쓰는 입체 퍼즐 조각이 널려 있다. 세모, 네모, 별 모양의 퍼즐 조각. 저스틴이 퍼즐 조각을 구멍에 맞게 집어넣으면, 작업 치료사와 손바닥을 마주치며 환호를 올리곤 하던 것들. 손에 잡히는 대로 세모, 네모, 별 모양의 퍼즐 조각을 제 구멍으로 집어넣어 본다. 급기야 나는 엉엉, 아이처럼 소리 내며 한참을 운다.

어제 일처럼 생생한 그날이 벌써 9년 전. 그 사이, 저스틴은 특수 교육 프로그램의 유아원, 유치원 과정을 거쳐 초등학교 6학년이 되었다. 퍼즐 조각 맞추기를 어려워하던 저스틴은 이제 '10010-9876', '656÷8' 같은 산수 문제를 한참 걸리긴 해도 용케 풀어내고, 또렷한 발음이 아니어도 영어책, 한글책을 소리 높여 읽고, 레스토랑에서 엄마, 아빠보다 더 자연스러운 영어로 자기 몫을 주문할 수 있다. 얼마나 용하고, 기특한지.

미국에서는 저스틴처럼 발달 장애가 있는 아이를 개인적으로도, 사회적으로도 '장애아disabled child'라고 부르지 않는다. '특별한 도움이 필요한 아이'라는 뜻으로 공식적으로는 '차일드 위드 스페셜 니즈child with special needs'라 한다. 줄여서 '스페셜 니즈 차일드special needs child'라 하거나 편의상 더 줄여 '스페셜 차일드special child'라고도 부른다. 한국에서 말하는 '특수학교'는 '스페셜 에듀케이션 스쿨special education school'이라 하고 편의상 '스페셜 스쿨special school'이라 부른다.(한국에서 갓 이민 온 한 엄마가 아이를 스페셜 스쿨에 보내는 엄마에게 "아이가 스페셜한 스쿨에 다니는 걸 보니 영재인가 봐요!" 했다는 해프닝도 있었다. 그러니까 저스틴은 스페셜 스쿨에 다니는 스페셜한 아이다.)

물론, 여기서 'special'은 '뛰어나다', '특별하다'는 의미가 아니라 '특별한 도움special needs'을 편의상 줄인 것이다. 그러나 내게 저스틴은 말 그대로 '특별하다'. 세상 모든 아이들이 저마다 특별한 개성과 재능을 갖고 있듯, 그렇게 똑같이 특별하다. 또한, 저스틴은 엄마인 나를 특별하게 만들어 주기에 특별하다. 내가 저스틴을 통해 특별해질 수 있는 건 이 아이를 키우면서, 아니, 이 아이와 '함께하면서' 얻는 고유한 경험, 배움, 깨달음 덕분이다. 그것들은 저스틴이 없던 삶에서는 생각조차 못 해 본 특별한 성격과 내용의 것들이다. 너무나도 소중한 것들이다.

나누지 않고는
견딜 수 없을 정도로 말이다.

손은 왜 있을까?

저스틴이 다섯 살, 특수교육 유아원 과정에 다닐 때다. 아침마다 저스틴은 줄줄 흘러내리는 큰 가방을 힘겹게 메고 노랗고 작은 스쿨버스에 올라 학교에 갔다(미국의 특수학교는 대부분 버스로 학생들의 등하교를 돕는데, 일반 스쿨버스에 비해 버스 크기가 작다).

가을비가 부슬거리던 날이었다. 뿌연 안개가 습기 먹은 초록 나무를 감아 돌고, 내 마음도 그 안개처럼 머지않아 막막해질 것만 같은 아침. 여느 때처럼 나는 저스틴과 함께 스쿨버스를 기다리고 섰다. 저스틴은 가방끈에서 삐져나온 실밥 하나를 매만지고 있다. 작은 실밥은 녀석에겐 아주 큰 재밋거리. 하지만 실밥에 몰두한 아들을 보는 엄마 마음은 편치 않다. 엄마는 말을 붙여 보지만, 돌아올 대답에 별 기대는 하지 않는다. 말을 제대로 이해 못 하거나, 이해했다 해도 답을 모를 가능성이 크니까…. 그래도 엄마는 물어야 한다. 눈 뜨고 있는 시간이면 뭐든 해야 한다는 절박함에 익숙해진 지 오래.

"Justin, why do you have eyes(저스틴, 눈은 왜 있을까)?"

엄마는 실밥에 꽂힌 아이의 시선을 옮기려 한 손으로 아이의 얼굴을 돌린다.

"…"

아이는 할 수 없이 엄마를 바라보지만, 눈빛에는 여전히 실밥만 담겨 있다.

"Because I can see(보기 위해 있는 거야)."

엄마가 대답하는 법을 가르쳐 준다. 그런 것도 가르쳐야 한다는 사실에 절망할 때는 이미 지났다. 아이의 시선과 손이 다시 실밥으로 간다. 그걸 제지하려 엄마가 또 묻는다.

"Justin, why do you have a nose(저스틴, 코는 왜 있을까)?"

용케도 엄마 목소리에서 상한 마음을 느꼈는지, 아이는 실밥을 매만지며 대답을 해 준다.

"Because I can see(보기 위해서)."
"No, It's for eyes. You should say, 'I can sm~~ell'(아니, 그건 눈이 하는 일이지. 이럴 때는 '냄새를 맡기 위해서'라고 하는 거야)."

딱히 들으라고 하는 말도 아닌 양, 엄마 눈은 스쿨버스가 꺾어져 들어올 모퉁이를 향해 있다. 그렇게 엄마는 또 한 번 허망한 물음을 던진다. 눈 뜨고 있는 시간은 뭐든 해야 한다, 이 말을 다시 한 번 주문처럼 다지며….

"Hey, why do you have a mouth(입은 왜 있을까)?"
"Because I can sm~~ell(냄새를 맡기 위해서요)."

엄마의 억양을 흉내 내 가며 답할 성의는 있지만, 저스틴에겐 아직 '입'의 용도가 버거운 모양이다. 새로운 질문에 맞는 새로운 답을 생각해 내는 게 버거운 모양이다.

드디어 스쿨버스가 모퉁이를 돌아온다. 뿌얀 안갯속 스쿨버스는 어쩐 일인지 오늘, 더 노랗고 더 작아 보인다. 엄마는 스쿨버스에 시선을 둔 채, 마지막 질문을 던진다. 끈기 없는 엄마의 질문은 어느덧 의욕을 잃고, 넋두리인 듯 중얼거림으로 바뀌어 있다.

"Justin, why do you have… hand(저스틴, 손은 왜 있을까)?"

눈, 코, 입 다음에 뭘 할까 고민하기도 버거워진 엄마는 불쑥 '손'으로 건너뛴다. 그때, 살짝 한기가 느껴져 옷깃을 여미려는 엄마의 왼손에 무언가가 잡힌다. 조그마하고, 따뜻하고, 부드럽고, 말랑거리는… 손. 아이의 손.

엄마가 아이를 본다. 아이가 엄마를 본다.

"Because I can hold your hand(엄마 손을 잡기 위해서요)."

저스틴을 태운 작고 노란 스쿨버스가 모퉁이를 돌아 사라졌다. 버스가 보이지 않게 되었을 때 비가 내리는 하늘을 올려다보았다. 눈을 감았다. 그대로 잠시 서 있었다. 눈을 감고라도 하늘을 보고 싶어서….

'하늘에 계신 분이시여. 눈의 용도를, 코의 용도를, 입의 용도를 알지 못해도 좋습니다. 손의 용도를 알게 해 주시니 감사합니다. 뽀얀 안개 낀 오늘 아침, 세상이 '부족하다'고 손가락질하는 아이가 제게 가르쳐 주었습니다. 손은 다른 이의 손을 잡기 위해 있다는, 그 소중한 진리를 말입니다. 당신이 계획하셨을지도 모를 그대로 말입니다.'

It's Going To Be Alright

딱히 그럴 일 없는데 마음이 힘들어지는 날이 있다. 모든 게 아래로, 아래로 처지기만 하는 날. 그날도 그런 날이었다. 싱크대에 기대어 감자를 깎다 말고 주방 벽타일에 있는 꽃 그림만 멍하니 쳐다보게 되는 날. 이유는 모른다. 그래서 더 힘들고 더 슬픈 것 같다. 원인을 알아야 해결책이 짚일 텐데….

우울증 같은 건가?
불안장애 같은 건가?
공황장애 같은 건가?

건강이 나빠진 건가 싶은 걱정까지 얹어지니 더 가라앉는다. 딱히 이거다 짚이는 일이 없으니 그 기회를 틈타 머릿속은 오만 잡념이 활개 친다. 무거워진 머리 탓인지 어깨가 내려가고 허리가 휘고….

저스틴이 물 마시러 부엌에 왔다. 아이를 싱크대 위로 올려 앉혀서 눈높이를 맞췄다. 억지웃음으로 위장해 보지만, 아이는 내 눈에서 불편한 빛을 읽은 모양이었다.

"엄마, 슬퍼?"

나도 모르게 고개가 끄덕끄덕, 시인하고 나섰다. 아이가 두 팔을 벌려 그 조그만 가슴에 내 머리를 보듬었다. 그리고는 한 손을 떼어 내 어깨를 가만가만 토닥이며 말했다.

"It's going to be alright, mom(엄마, 다 잘 될 거예요)."

이유를 알 턱 없고, 안다 해도 해결책을 줄 수 없을 게 분명한 꼬마의 한마디에 삽시간에 마음이 고요해졌다. 삽시간에 평온해졌다. 신기한 일이었다. 내가 괜찮아질 거라고 믿어 주는 이가 이 세상에 한 사람은 있다는 안도감 때문이었을까. 그 사람이 아직 열 살밖에 안 되고 몸피도 아주 작지만, 그건 중요한 게 아니지 싶다. 내가 괜찮아지는 데, 그런 건 중요한 게 아니지 싶다.

힘들고 슬플 때, 우리가 필요로 하는 건 실행하지 못할 버거운 행동 지침도 아니고, 귀 언저리만 맴돌다 사그라질 산만한 충고도 아니고, 그저 막연한 이 한마디인지도 모르겠다.

"*(당신은) 괜찮아질 거야.*"

안 보이니까 보고 싶어

대학 다니는 딸, 지영이가 교환 학생이 되어 런던으로 떠나던
날. 대학 들어가고부터는 기숙사에서 생활하느라 집을 떠나
있었지만, 집에서 자동차로 두 시간 거리라 한 달에 한 번 정도
는 얼굴을 볼 수 있었다. 그런데 석 달 동안이나 딸을 못 만나
게 생겼다. 그것도 타국으로 멀어져서….

입국심사를 받느라 지영이가 긴 줄에 섰다. 가족들은 그 곁에
서 못 떠나고, 줄이 줄어드는 대로 뒤를 쫓다가 검색대에 다다
랐다. 거기서부터는 동반이 허용되지 않아 지영이 혼자 들어
가야 했다. 누나가 혼자 다른 나라에 가고, 앞으로 석 달 동안
볼 수 없다는 상황이 실감 안 나는지, 저스틴은 공항 여기저기
를 뛰어다니며 탐색에 한창이었다. 녀석을 붙잡아 와서 들어

올리며, 누나에게 손을 흔들어 주라고 했다.

"누나, 바이!"

저스틴이 내 품에서 힘차게 손을 흔들었다. 이미 멀어져 조그만 점이 된 지영이가 이쪽을 향해 손을 흔들었다. 그리고는 이내 시야에서 사라졌다. 이제 저스틴을 품에서 내려놓으려 하자 저스틴이 갑자기 내 목을 끌어안고 울음보를 터뜨렸다. 조금 전까지만 해도 누나와 헤어지는 상황 같은 건 안중에 없어 보인 저스틴이라 내가 짐짓 놀리듯 물었다.

"조금 전에는 웃으면서 '바이' 했잖아."
"응."
"그런데 갑자기 슬퍼졌어?"
"응."
"왜 갑자기 슬퍼졌어?"
"누나가 안 보이니까 보고 싶어."

많은 면에서 천천히 가는 이 녀석에겐, 지금 빤히 보이는 누나가 금방 안 보이게 된다는 지적의 미래가 빨리 실감되지 못했던 것 같다. 눈에 보이지 않는 순간, 이내 보고 싶어졌다는 저 스틴의 말에 조금 전 딸아이가 서 있던 곳을 다시 한 번 쳐다 보았다.

그래, 가족이 이런 거지.
늘 보이니, 보고 싶지 않은 거라 착각하며 사는 거지.

안 보이면 바로
눈물 나게 그리워지는 존재인데도.

전화를 받지 않는 이유

일하면서 만난 사람과 언쟁이 있었다. 일이 성사 안 되면 아쉬운 건 나였는데, 내가 '을'의 분수를 잊고 '갑'의 발언을 한 탓이었다. 일로 만났지만 짧지 않은 세월을 보아 온 사이라 언쟁하면서도 끝이란 생각은 하지 않았다. 어느 정도, 관계에 믿음이 있었다는 뜻이다. 적어도 나는….

둘 다 굳어진 얼굴로 건조한 인사를 나눈 후 헤어졌다. 며칠이 흐르는 동안 찬찬히 생각해 보니, 양쪽 입장을 공평하게 고려한 해결책이 아니라 내 입장에서 감지되는 불편함을 앞세웠다고 판단되었다. 먼저 손을 내밀어야겠다 싶어 전화를 걸었다. 그런데 신호는 가는데 받지 않았다. 어투와 감정이 제거된 문자로 던지듯 마음을 표현하고 싶지 않아서, 다음 날 다시 전화를 걸었다. 여전히 받지 않았다. 필시 못 받은 전화 목록에서 내 번호를 봤을 텐데, 전화를 걸어오지도 않았다. 내 안에서 반갑지 않은 생각들이 앞다투어 튀어 올랐다.

'무슨 생각으로 전화를 안 받는 걸까?'
'날 애먹이겠다는 심보일까?'
'자기가 '갑'이란 걸 확인시키려는 걸까?'
'날 다시는 안 보겠다는 뜻일까?'

생각들은 저마다 꼬리를 하나씩 달고 또 다른 부정적인 생각의 근거와 원인이 되었다. 사실, 나는 상대의 속내가 무엇이든, 내 전화가 거부당하고 있다는 점에 더 마음이 상했다.

"엄마, 왜 그래? 엄마 얼굴이 무서워."

이런…. 저스틴에게 밥을 차려 주고는 그 생각에 빠져 있었다. 밥 먹으라더니 반찬도 안 챙겨 주고, 시선 끝을 식탁 모서리에 붙박은 채 입을 앙다물고 있는 엄마가 아이 눈에는 불편해 보였을 거다. 전화를 받지 않는 누군가 때문에 엄마가 못된 생각들과 지난한 전쟁 중이라는 걸 알 리 없으니….

"미안. 엄마가 뭣 좀 생각하느라고."

"무슨 생각?"

"엄마가 전화하는데 어떤 사람이 안 받아서…."

"누가?"

"국장님(저스틴도 아는 사람이다)."

"국장님이 전화를 안 받아?"

"응. 엄마 전화를 안 받으니까 슬프잖아. 화도 나고…."

"국장님이 전화를 안 받아서 슬프고 화나?"

"응."

저스틴은 밥 한술 크게 떠서 입에 넣고 오물거리며 고개를 갸우뚱했다. 그러더니 뭐 그런 일로 슬프고 화까지 나느냐는 듯, 심드렁한 말투로 불고기 조각 하나를 집어 들며 날 쳐다보지도 않고 이랬다.

"그럼, 국장님한테 전화해서 전화 받으라 그래."

처음에는 픽, 하고 웃음이 샜다. 마냥 천진한 녀석의 말이 귀여웠다. 그런데 더듬어 보니, 그즈음 내가 하고 있던 지리멸렬한 생각들의 단초는 주로 누군가가 전화를 받지 않는다는 것에 있긴 했다. '전화를 안 받으면 전화를 받게 하면 되지 않나?' 그게 저스틴의 생각이었다. 나는 저스틴의 말대로 해 보기로 했다. 이번에는 문자로 먼저 접촉을 시도했다.

'전화를 드렸는데, 전화를 못('안'이라고 썼다가 고쳤다) 받으셔서요. 문자 보시면 연락 주시겠어요?'

저스틴이 '처방'해 준 "그럼, 전화 받으라고 해."를 나름 실행에 옮겨 본 거다. 그 후로 이틀이 지났지만, 문자조차 '읽지 않음'으로 표시된 채 변화가 없었다. 괜한 짓을 했구나 싶었다. 더는 해 볼 수 있는 게 없겠다고 포기하려는데 문자가 '읽음'으로 바뀌었다! 곧 그이에게서 전화가 걸려 왔다.

"아유, 죄송해요. 요 며칠 전화기를 잃어버려서 회사 휴대폰을 썼어요. 오늘 찾았어요. 그동안 전화가 안 돼 죄송해요!"

며칠 동안 내 머릿속에서 쿵쿵 울리던 대포 소리가 뚝 그쳤다. 허망한 여운을 남기고서 말이다. 전화기를 잃어버렸을 수 있다는 생각은 왜 못했을까? 전화를 받지 않는 사람을 놓고 온갖 부정적인 상상의 나래를 펼치면서도, 정작 상대가 전화를 못 받을 상황에 놓일 수 있다는 생각은 해 보지 못했다. 이를테면, 몹시 아프다거나 전화기를 잃어버렸다든가…. 나는 그이가 전화 받지 않는 '이유'를 앞서 언쟁이 있었다는 '사실'에만 의존해 내 멋대로 추정하고 있었다.

저스틴은 나와 생각이 달랐다. 누군가 전화를 받지 않아 속상하면 전화만 받게 하면 문제가 해결될 거라고 생각했다. 더할 수 없이 '심플'하게 말이다. 말하자면, 나는 '어떻게 전화를 안 받을 수가 있지?'였고, 저스틴은 '어떻게 하면 전화를 받게 할 수 있지?'였다.

나는 상대를 믿지 못했다.
내가 만든 이유를 믿었기에….
저스틴은 상대를 믿었다.
믿지 않을 이유가 없었기에….

동네 한 바퀴

저스틴이 여덟 살 무렵. 여느 때처럼 저스틴은 학교에서 돌아와 자전거를 타고 동네 한 바퀴에 나섰다. 18인치 정도면 꼭 맞을 텐데, 다음 해를 생각해서 조금 크게 사 준 20인치 자전거를 뒤뚱거리며 몰고 나갔다. 그 시간 즈음이면 동네 아이들이 에이미네 집 앞뜰에 '집결'했다.

동네에서 큰 집 축에 끼는 에이미네 앞뜰에 고만고만한 자전거며 스쿠터가 여럿 세워지거나 누워져 주인들의 행선지를 알려 주었다. 브라이언 엄마는 일터에서 입는 간호사복 차림 그대로 차에서 내리며 에이미네 앞뜰에 '주차된' 아들의 자전거를 눈으로 확인하고 자기 집으로 들어갔다. 샬롯 엄마는 앞치마를 두르고 고개만 현관 밖으로 빼고서 "Don't forget about your homework!"하고 한 번 소리쳤다. 집 안에서는 자기도 나가게 해 달라는 샬롯의 동생 아이린의 콧물 섞인 울음소리가 새어 나오다, 야속하게 닫히는 문 뒤로 묻혀 버렸다.

나는 다른 엄마들처럼 집 안으로 들어갈 수가 없었다. 몇 발짝 떨어져 에이미네 앞뜰에서 벌어지는 일을 지켜보았다. 아이들은 동네 신문을 만들고 있었다. 에이미네 앞뜰은 로컬 신문사인 셈이었다. 에이미는 편집장, 샬롯은 에디터, 나머지 남자아이들은 리포터인 듯했다. 신문 배달은 18인치, 20인치 색색의 자전거와 스쿠터로 함께 나갔다. 그날의 특집 기사는 '환경오염'인 듯, '진짜' 신문에서 오려 낸 헤드라인, 기사 조각들 틈에서 'protect', 'environment'라는 단어가 반복해서 보였다.

초등학교 2학년 아이들치고는 제법 수준 높은 놀이를 하는 게 내 눈에는 부럽다 못해 조금 야속했다. 2학년 나이에 아직 1학년인 저스틴의 뒤통수가 보였다. 아이들은 잔디밭에 엎드려 큰 도화지 네 귀퉁이를 하나씩 맡아 기사를 쓰고, 저스틴은 신문에서 그림을 오려 내는 가위질을 맡고 있었다. 헬멧은 벗어 놓으면 좋으련만 그대로 쓴 채 헬멧 아래로 땀줄기가 끊이지 않고, 연신 코를 훌쩍이면서도 녀석은 닦을 생각을 못 했다.

보호는 하되 간섭은 하지 말라는 것은 저스틴의 작업치료사가 준 충고였다. 나는 열 번쯤 뒤돌아보며, 서른 걸음쯤 떨어진 집으로 돌아왔다. 2층 창밖으로 내다보니 녀석의 노란 등이 선명히 눈에 들어왔다. 손 닿는 대로 책장에서 책을 하나 빼내 들지만, 글자가 눈에 들어올 리 없었다. 한 줄 읽고 창밖, 두 줄 읽고 창밖, 세 줄 읽고 창밖….

한참 그러다 책에 둔 시선이 길어졌나 보다. 창 아래쪽에서 여자아이 목소리가 들려 퍼뜩, 책에서 눈을 떼 창밖을 내다보았다. 우리 집 앞뜰에 반짝이는 금발을 나풀대며 에이미와 샬롯이 서 있었다. 기사를 다 쓰고 배달에 나선 모양이었다. 나는 얼른 눈으로 저스틴을 찾았다. 에이미네 앞뜰에서 노란 등은 쉽게 포착되었다. 목은 기울어져 있고 양어깨가 올라갔다 내려갔다 시소를 타는 걸 보면 녀석은 아직 가위질 중인 것 같았다.

창 아래쪽에서 에이미의 달뜬 목소리가 봄날 공기를 실금처럼 가르며 올라왔다.

  "Shhhh, make sure you don't tell Justin(쉬, 저스틴한테 말하면 안 돼)."

"Don't worry, I promise(걱정 마, 약속할게)."

뭘까, 저스틴에게 말하면 안 된다는, 그 비밀스러운 건… 솔직히, 그 비밀의 내용은 궁금하지 않았다. 마음이 쓰이는 건, 그 아이들보다 발달이 느린 저스틴만 모르는 무언가가 있다는 사실이었다. 저스틴이 가위질을 마쳤는지 이쪽을 돌아다보았고, 곧 자전거를 집어 타고 집 쪽으로 다가들었다. 저스틴이 가까워지자, 에이미와 샬롯은 녀석을 피하듯 자전거를 냉큼 집어 타고 저쪽 길로 달려갔다. 저스틴은 두 아이를 놓칠세라 곧장 따라갈 기세였다. 하지만 녀석의 자전거는 곧 멈췄다. 내가 있는 힘껏 창문을 열어젖히고 불러 세웠으니까….

"저스틴, 가지 마!"

녀석은 자전거 머리만 엄마 쪽으로 향한 채 서서 고개를 저었다. 나는 구르듯 아래층으로 내려가 문을 열고 튀어 나갔다.

"집으로 들어 와. 따라가지 마."

먼눈으로 아이들이 뛰어간 방향을 쫓다가 다시 내 쪽을 향했을 때, 저스틴은 몹시 슬퍼 보였다. 나로서는 도리가 없었다. 그 대로 따라가면 저스틴에게 더 슬픈 일이 생길지도 몰라서…. 저스틴에게 무언가를 감추는 아이들, 약속한 듯 어딘가로 몰려 가 버린 야속한 아이들을 따라나서게 두고 싶지 않았다.

저스틴은 푹 꺼진 얼굴을 떨구는 것으로 엄마 말에 순종했지 만, 자전거 바퀴를 굴려 집에 돌아올 정도는 아니었다. 한 번 더 재촉하려 목에 힘을 주는데 문득 우리 집 우편함에 삐죽 튀 어나와 있는 무언가가 내 눈에 짚였다.

빨간색 봉투. 다가가 그 봉투를 꺼냈다. 편지 봉투 규격보다 조 금 더 큰, 손으로 만든 봉투였다. 봉투를 열어 보니 카드가 들 어 있었다. 역시 손으로 만들고 손으로 쓰고 손으로 접은 카드. 거기에 연필로 이렇게 쓰여 있었다.

'Dear Justin. Thank you for working for T NEWS! You are so helpful!(저스틴에게. 함께 티 뉴스 신문을 만들어 줘서 고마워! 큰 도움 됐어!)'

또, 학교가 파하고 늘 에이미네 앞뜰로 집결하는 꼬마 에디터들의 이름이 저마다 다른 필체로 적혀 있었다. 에이미, 샬롯, 브라이언, 제라드, 션, 칼린…. 눈을 들어 녀석을 보았다. 저스틴은 여전히 슬픈 표정으로 나를 보고 있었다. 어째서 엄마가 아이들을 따라가지 못하게 하는지 알 수 없다는 눈으로.

나는 손짓을 해 보였다. 어서 가라고…. 목소리가 잘 나오지 않았다, 목에 뭔가 크고 뜨거운 덩어리가 걸린 것처럼. 내 손짓을 본 저스틴의 얼굴이 환해졌다. 녀석은 아직은 힘에 부칠 20인치 자전거를 뒤뚱거리며 페달을 밟았다. 자전거 바퀴는 몇 번 휘청대더니 곧 직선으로 뻗으며 내달렸다.

동네 한 바퀴.
저스틴이 자란다.
아이들이 자란다.
내가 자란다.

해리포터가 좋은 이유

할로윈 데이는 1년에 한 번, '다른' 사람, '다른' 캐릭터가 되어 보는 미국 명절이다. 저스틴에게 할로윈에 뭐가 되고 싶은지 물었다. 어떤 분장을 하고 싶으냐는 뜻이다. 저스틴은 주저 없이 '해리포터'가 되겠단다. 해리포터로 변신시켜 줄 망토와 알 없는 안경, 플라스틱 마법 봉이 필요하게 생겼다.

가만, 저스틴이 해리포터에 대해 알던가? 내 기억에 의하면 저스틴은 해리포터 영화를 본 적도 없고, 책을 읽은 적도 없다. 해리포터 분장용품을 주문하려던 손을 멈추고, 저스틴을 붙잡아 앉혔다. 해리포터를 주제로 강연이 필요한 시점.

　"너, 해리포터가 마법사인 거 알아?"

"마법사?"

"응. 마법사."

"…(모르는 눈치)"

"마법사가 '수리수리마수리' 하면서 마법 봉을 휘두르면 사람이 새도 되고, 새가 사람이 되고 그래. 그리고 마법사는 막 날아다녀."

"날아다녀? 비행기 타고?"

"아니, 빗자루 타고."

"빗자루?"

"신나겠지?"

"…(뭐, 그다지)"

사람을 새로 변신시키고, 빗자루 타고 하늘을 날아다닌다 해도, 저스틴은 해리포터의 마법 능력에 별 감흥 없어 보였다. 나는 좀 난감해졌다. 저스틴이 해리포터가 되고 싶은 이유는 '당연히' 해리포터가 마법사이기 때문일 것 같아서였다. "그럼, 왜 해리포터가 되고 싶은 거야?"라고 묻자, 밋밋하던 아이의 표정이 해만큼 환해졌다.

"해리포터는 안경을 써!"

그즈음, 저스틴은 눈도 안 나쁘면서 안경을 쓰고 싶다며 한창 조르고 있었다. 어디선가 해리포터를 보고 안경이 대번 눈에 들어왔던 모양이다. 그다음 해 할로윈에도 저스틴은 해리포터 가 되기로 선택했다. 해리포터가 되면 잠깐이라도—비록 알은 없지만— 안경을 쓸 수 있기 때문이다.

어느 즈음에서 나는, 저스틴이 해리포터가 되고 싶은 이유를 인정해 주기로 했다. 아이가 무언가를 좋아하는 이유를 사리 나 상식, 관념 같은 것에 기대어 '옳지 않다'고 생각하는 마음 으로는,

아무래도 그런 마음으로는
'내 편' 될 자격이 없는 것 같아서….

뿌서진 마음

저스틴의 눈에 눈물이 한가득 고여 있었다. 학교에서 어떤 아이가 "Go away(저리 가)!"라고 한 모양이었다. 까만 눈동자에서 왕구슬만 한 눈물이 툭툭 터지는가 싶더니 녀석이 땅이 꺼져라 한국말로 이랬다.

"엄마, 친구들이 왜 내 가슴을 뿌서지게 하지?"

주말마다 한글 학교를 다니면서 한국말이 부쩍 늘었는지 '가슴이 뿌서진다'는 표현을 쓴 게 신통하면서도, 의미를 생각하니 짠하기도 했다. 잠시 말을 못 잇다가 곧 녀석의 머리를 쓰다듬으며 네겐 언제나 '내 편'인 엄마가 있으니 슬퍼 말라 했다. 저스틴은 '내 편'이라는 게 무슨 뜻이냐고, 손등으로 콧물을 닦

아 내며 물었다. 흠…, 뭐라 설명하면 좋을까, 고민하다가 답했
다.

"네 가슴이 뿌서질 때 똑같이 가슴이 뿌서지는 사람. 그게
'내 편'이란 거야."

역시 쉽지만은 않았을 텐데, 저스틴은 제대로 이해한 게 분명
했다. 젖은 뺨에 말간 미소를 떠올리며 내 목을 꼭 끌어안았으
니까.

저스틴이 내 목을 끌어안으니 우리 둘의 가슴이 맞닿았다.
뿌서진 가슴 둘이 그렇게 맞닿았다.

뿌서진 가슴들이 맞닿으니
뿌서진 자리가 금세 아물었다.

슬프면 슬프다고

저스틴은 다른 감정 기제를 가졌다. 내 생각이 아니라 의학계에서 하는 말이 그렇다. 자폐성 발달 장애는 '감정'과 관련된 기능과 작용 방식이 '전형적*typical'이지 않다고 한다. 다른 사람의 감정을 읽고, 자신의 감정을 표현하는 방식이 좀 다르다는 의미다. 다른 발달 장애도 그렇지만, 자폐성 발달 장애는 '병disease'이 아니라 '증상symptom'이다. '증상'이란 이름에 걸맞게, 정말이지 그 상태와 정도는 개인마다 천차만별이다. 그래서 자폐성 발달 장애에는 '스펙트럼spectrum'이란 용어가 동반된다.

그런데 내 보기에는, '자폐自閉'란 단어가 저스틴에게 잘 들어

---

* 미국에서는 장애인들에 대해 비장애인들을 표현할 때 '정상적인'이라는 표현 대신 '전형적인(typical)'이라는 표현을 사용한다.

맞지 않는다. 스스로를 '닫는다閉'라는 의미에 집중해 본다면 말이다. 또래보다 지적·신체적 발달이 다소 느리긴 해도 저스틴은 누구보다 '열린' 아이기 때문이다. 저스틴을 보고 있노라면 가끔 내가 더 '닫혔다'고 생각될 정도다.

무엇보다, 저스틴은 자신의 감정에 열려 있어서, 감정을 있는 그대로 솔직히 말한다.

"I am sad(나는 슬퍼)."
"I am happy(나는 기뻐)."
"I am excited(나는 신이 나)."
"I am feeling hurt(나는 속상해)."
"I am tired(나는 피곤해)."

이런 식이다. 어떤 일로 자기 안에 감정이 만들어지면, 저스틴은 그 일의 정황을 따지기보다 자기가 느끼는 감정을 먼저, 그리고 더 힘주어 짚는다.

"엄마, 나 슬퍼. 오늘 숙제 안 해 가서 선생님이 쉬는 시간에 못 놀게 했어."

"엄마, 나 행복해! 친구가 생일에 초대했어."

"엄마, 나 피곤해. 그래서 책을 못 읽을 것 같아."

이런 저스틴을 보면서 생각했다. 어쩌면 우리가 사람들과 얽힌 관계에 힘겨워하는 이유는 자신의 감정을 잘 알지 못한 탓일 수 있겠다고. 나만 해도, 뭔가 마음 불편한 일이 있을라치면 하필 그 시간, 그곳에 있는 누군가를 내 부정적인 감정의 희생양으로 삼기 일쑤다. 마음이 불편하니 상대를 대하는 표정이 딱딱해지고 말에 날이 선다. 영문 모르는 상대는 한두 번은 참아 주다가 급기야 터지고 만다.

"도대체 나한테 왜 이래(요)?"

그걸 도화선 삼아 상대에게 어떤 결정적인 흠이라도 잡은 양, 더 격앙되어 되받아친다.

"왜 그러는지 정말 몰라(요)?"

곧이어, 정말 몰라서 곤혹스러운 상대를 향해 나열되는 '잘못'의 목록들. 하지만 그걸 듣고 대번에 '아, 내가 그랬어? 미안해'

하고 숙이고 들어올 사람은 별로 없다. 왜냐하면 그 '잘못'이라는 게 평소에는 그럭저럭 묵인되던, '별일 아닌' 경우가 태반이기 때문이다. 다시 말해, 많은 경우 '갈등'은 상대의 언행이 아니라 '나'의 감정이 단초가 될 수 있다는 것.

오늘 저녁에 남편이 '밥이 너무 질다'고 한 말이 가시로 와 박히는 건, 전날 한국의 친정엄마가 편찮으셔서 죽도 못 먹고 있다는 소리에 마음이 편찮기 때문일 수 있다. 오늘 입을 옷이 없다는 딸의 말이 투정으로 들리는 건 사실, 다음날 내가 동창회에 입고 나갈 옷이 마땅치 않아 울적하기 때문일 수 있다.

저스틴이 슬프건, 울적하건, 화가 나건, 어떻게든 그 마음에 위로가 되어 주고 싶은 것은 내가 엄마고, 발달 장애를 가진 내 아이가 짠하기 때문만은 아니다. 저스틴은 자신의 감정이 어떤지 말할 때, 최소한 자신의 감정이 뭔지, 그 감정이 어디서 비롯된 것인지 선명히 '안다'. 그리고 무엇보다 중요한 건, 그 감정을 '인정'한다. 난 그 점이 참 대견하다.

우린 정말이지, 자신의 감정을 알고, 인정하기보다는 감추기에 더 급급하다. 슬픈데, 울적한데, 속상한데 내색하지 않으려 한다. 자기 안의 부정적인 감정을 표현하면 안 되는 줄로만 안다. 그러나 머리로는 그리 생각해도, 한번 생겨난 감정은 이성의 힘만으로 썰물처럼 말끔히 빠져나가지 않고 어떤 방식으로든 새어 나온다. 안타깝게도, 자주 꽤 부정적인 방식으로, 고무적이지 못한 내용으로. 별일 아닌 사소한 언행을 구실삼아 자신도 외면하는 어떤 감정을 남에게서 해소하려 들면, 누가 그런 이에게 위로의 선물을 줄 수 있을까?

슬프면 슬픈 대로 슬픈 내 마음을 말하자.
속상하면 속상한 대로 속상한 내 마음을 말하자.
울적하면 울적한 대로 울적한 내 마음을 말하자.

그래서 당신의 도움이 필요하다고 말이다.
저스틴처럼.

다 보여

저스틴은 악기 연주를 할 때 악보를 보지 않고 암보暗譜한다. 음표를 능숙하게 짚지 못해 그런지 모르겠지만, 어쨌든 저스틴은 악보를 보지 않으려 애쓰고, 나는 어떻게든 악보를 보게 하려 애쓴다. 음악 전문가가 아니라 이유를 명확히 꼬집어 설명할 순 없어도 음악가가 되려면 어찌 됐든 악보는 볼 줄 알아야 할 것 같아서다.

어느 날이었다. 나는 부엌에서 음식을 만들고 저스틴은 서재에서 피아노를 치고 있었다. 부엌에서 저스틴을 볼 수는 없지만, 나는 귀로 소리를 들으며 연습을 돕곤 한다.

"저스틴, 악보 보면서 쳐."

"나, 악보 보면서 치고 있어!"

"아닌데?"

"거기서 엄마가 어떻게 알아?"

"여기서도 다 보여."

"거기서 어떻게 보여?"

"엄마들은 멀리서도 잘 봐. 다 보여."

"진짜 보여?"

"응. 네가 지금 악보 안 보고 치는 거 다 보여."

그러자 저스틴이 발소리 요란하게 부엌으로 왔다. 한 손에 악보를 꽉 쥐고 억울해 죽겠다는 표정으로 말했다.

"나 진짜로 악보 보면서 쳤어. 엄마 눈, 고장 났어! 엄마 눈, 빨리 고쳐야 돼!"

다 보이는 줄로만 알았다, 안 봐도 훤했으니까. 그런데 내가 틀렸다.

이런. "안 봐도 뻔해. 다 보여."라고 내 맘대로 결론짓고 누군가의 이마에, 등에, 아니 온몸에 붉은 압류딱지처럼 붙여놓은 '착

오딱지'가 얼마나 많았을지. 보이지 않는데 다 보인다고 철석같이 믿어 버리는 그릇된 아집. 그걸 기반으로 내 쪽에서 다른 누군가에게로 향했을 마음, 말, 표정, 행동들.

저스틴이 짓고 있는 표정 그대로 억울했을 사람들에게 사과해야 할 것 같다.

내 눈이 고장 났으니
눈 점검부터 해야 했다고 말이다.

오늘은
안 착해

저스틴이 타고 다니는 스쿨버스의 운전사는 그닥 친절하지 않다. 예전 살던 동네의 스쿨버스 운전사는 3년 내내 보다 보니 친해지기도 했지만, 원래가 착한 성품 같았다. 그런데 지금 사는 동네로 이사 오고부터는 그다지 친절하지 않은 스쿨버스 운전사 때문에 마음 쓰이는 때가 많아졌다. 아이 등하고 때마다 나누는 짧은 인사, 눈길, 눈빛, 그 속에서 감지되는 투박함, 퉁명스러움, 냉랭함….

그렇다고 뭔가 꼬투리가 될 만한 분명한 '케이스'가 있는 건 아니라 학교에 정식으로 불만을 제기하기는 또 애매한 상황이었다. 별수 없지, 인복이 늘 있는 건 아니지, 스스로 다독이며 넘기는 쪽을 택할 수밖에. 그러는 동안에도 그에게로 향하는 내 눈길과 인사말의 온도가 내려가는 건 어쩔 수 없었다. 아이들에게는 어떻게 대하나 싶어서 하루는 저스틴에게 물었다. 스쿨버스 운전사가 착하냐고…. 저스틴은 얼핏, 무심한 듯 이렇게 답했다.

"He is not nice, today(오늘은 안 착해)."

나는 운전사가 '언제나' 안 착하리라 생각하고 물었는데, 저스틴은 '오늘은' 안 착하다고 대답했다. 그와 내가 공유하는 시간은 등하교 시간을 합쳐 봐야 하루 24시간 중 불과 1분 남짓이나 될까? 그러니까 그가 내게 '언제나' 안 착한 사람이 되는 데 걸린 시간은 1분 곱하기 30일(이사 온 뒤로) 하면 30분이다. 30분 만에 나는 그를 '언제나' 안 착한 사람으로 결론지어 버렸다. 나보다 비교도 안 되게 오랜 시간을 그와 공유하는 저스틴에게 '오늘은' 안 착한 사람인데도.

우리가 누군가를 '언제나' 어떤 사람으로 만들어 버리는 데 걸리는 시간.

짧아도 너무 짧다.

스트레스는 어떻게 받아요?

이사 갈 집이 좀체 나오지 않았다. 내놓은 집은 냉큼 팔렸는데, 들어갈 집이 없어 인터넷 부동산 사이트에 올라오는 매물이며 셋집을 종일 들여다보느라 눈에서 진물이 날 지경이었다. 잡지 창간을 목전에 두고 할 일이 산더미에, 책 집필 마감에, 지영이의 대학 졸업식에…. 손녀 졸업식을 본다고 한국의 친정 엄마가 10년 만에 우리 집에 오신다는데….

입에서 "아, 스트레스받아!" 하는 소리가 절로 나왔다. 이런 아침에 저스틴이 없는 또 다른 스트레스. 아직 초봄이라 찬기가 완전히 가시지 않았는데, 반소매 티셔츠에 반바지를 입겠다고 고집이다. 길게 말할 기운도 없어 반소매까지만 허락하고 반바지 대신 긴 청바지를 입으라고 했다. 아침밥을 먹으려 식탁 앞에 앉은 녀석의 눈에서 눈물이 뚝뚝 돋았다. 아이 마음을 달래 줘야 할 텐데, 내 코가 석 자라 한숨부터 터졌다. 저스틴이 물었다.

"엄마, 왜 한숨 쉬어?"
"스트레스받으니까 그렇지."
"스트레스? 그게 뭐야?"

다른 아이들보다 느리게 가는 아이가 무엇에 관해서든 "뭐야?"라고 질문하면, 다른 아이들보다 느리게 가는 아이를 키우는 엄마의 머릿속은 때와 장소를 불문하고 열띤 교육 현장으로 바뀌곤 한다. 내가 한껏 누그러진 어조로 말했다.

"스트레스는, 너무 걱정이 돼서 머리도 아프고 한숨도 나고 그러는 거야."

저스틴이 손등으로 눈물을 훔치며 다시 물었다.

"슬픈 거하고 달라?"
"좀 다르지."

"화나는 거하고 달라?"

"스트레스를 받으면 슬프기도 하고 화도 나지만, 어쨌든 좀 달라."

저스틴은 눈물 자국을 없애려는 듯 양손으로 두 눈을 꼭꼭 누르더니 발간 눈을 동그랗게 뜨고서 말했다.

"엄마, 나도 스트레스받고 싶어! 어떻게 하는 거야?"

아차, 싶었다. 아이가 '드디어' 만병의 근원이란 '스트레스'를 알고야 말았다! 엄마인 내가 앞장서서 이 세상 오만가지 부정적인 감정에 새 지평을 열어 주다니…. 모르던 스트레스를 괜히 알아서 이제부턴 이 아이가 없는 스트레스를 만들어 받으면 어쩌나 걱정되었다.

나만 해도, 내 안에서 만들어지는 갖가지 생각, 감정, 느낌들에 세상에서 정한 어떤 개념이 존재하고 특정 라벨이 붙어 있다는 걸 알면 그게 반갑지만은 않았다. 가없는 줄 알고 뛰어놀던 들판 끝에 결코 넘을 수 없는 울타리가 있다는 걸 알아 버린 심정이랄까. 울타리의 존재를 모를 때는 겁은 좀 날지언정 자유는 있었는데 말이다. 세상이 정해 놓은 개념과 라벨에 내 생각, 감정, 느낌의 정체를 내주고 나면 뭔가 정리되는 느낌보다는 맥이 풀리는 쪽이었다.

느리게 가는 한 아이에게 '스트레스'란 개념을 가르쳐 줬다는 것이 마냥 후회할 일은 아닐 게다. 언젠가는 그 개념도, 의미도, 의의도 자연히 알게 되고 또 알아야 할 테니까. 개념정립이 안 되어 있었을 뿐, 어린 저스틴도 나름대로 스트레스를 받고 느껴왔을 터이고. 하지만 스트레스를 알았으니, 받아 보고 싶다는 아이의 말은 묵직하게 남았다.

가끔, 우리는
굳이 몰라도 되는 걸 알려 기를 쓰고,
알고 난 다음에는 그 '앎'에 책임지려고
또 헛된 기를 쓰는지도 모르겠다 싶어서.

플레이 데잇

저스틴은 사람을 참 좋아한다. 생면부지의 낯선 사람도 예외가 아니다. 사람을 참 좋아하는 저스틴의 성향을 두고 의학계에서는 '사회성'에서 'abnormality(비정상성)'를 보인다고 한다. 그래서 자폐성 발달 장애 스펙트럼 안에 들어간다고. 쉽게 말해, 저스틴이 사람을 좋아하는 정도가 전형적인typical 경우보다 '과도하다'는 뜻이다.

사람을 좋아하는 저스틴의 성향은 의사들 말처럼 '비정상적'일지 모른다. 그러나 비정상적이란 게 반드시 나쁘다는 말만은 아닐 것이다. 저스틴은 '비정상적으로' 사람을 좋아하기에 낯선 아이든 어른이든 다가드는 데 일말의 주저함이 없다. 거기에는 상대를 외모, 나이, 성격, 지위, 재산 등으로 가늠하려

들지 않는다는 뜻이 들어 있다. 녀석은 처음 보는 사람이건 아는 사람이건, 사람을 놓고 뭔가를 재고 따지는 일이 없다. 이 아이에게 '선입견' 따윈 없는 것이다.

저스틴이 갓 초등학교에 들어간 여섯 살 무렵의 일이다. 겨우내 갇혀 있던 햇빛이 맘 먹고 내리던 이른 봄날, 저스틴을 데리고 가까운 백화점에 갔다. 백화점 야외 벤치에 사람들이 삼삼오오 앉아 간만의 햇볕을 쬐며 정담을 나누고 있었다. 그중 한 벤치에 허리 굽은 백인 노인이 앉아 있었다. 체구도 작은 그가 벤치 하나를 다 차지하고 앉은 듯 보이는 이유는 그 옆에 아무도 앉은 이가 없었기 때문이다.

다른 벤치들은 한 치 여유 없이 빽빽했지만, 노인이 앉은 벤치만 휑했다. 이유를 알 것 같았다. 노인이 풍기는 어둠 때문이었다. 굳게 다문 입술은 흙빛에 가깝고, 큰 매부리코는 눈에 띄게 휘었고, 발끝까지 덮인 자루 같은 검은 옷은 남루했다. 어깨를 덮은 회색 머리칼 때문에 처음에는 성별조차 분간키 어려웠다. 노인은 굽은 허리를 달팽이처럼 둥그렇게 말고, 나무 지팡이를 두 손으로 부여잡고 거기에 온몸을 지탱하고 있었다. 그는 땅에 시선을 붙박은 채 미동도 없었다.

저스틴이 두리번거리며 앉을 자리를 찾았다. 노인이 앉은 벤치만 자리가 있었기에 '당연히' 저스틴은 내 손을 끌고 노인 곁으로 다가갔다.

"Excuse me, can I sit here(실례해요, 여기 앉아도 되나요)?"

저스틴의 말을 들었는지 못 들었는지, 노인은 시선도 주지 않았다. 흘끔흘끔, 옆 벤치 사람들이 우리 쪽을 쳐다보는 기운이 느껴졌다. 저스틴은 노인의 귀로 조금 더 가까이 입을 대고 재차 물었다. 그제야 노인은 고개만 희미하게 끄덕였다. 혹시라도 노인이 우리에게 자리를 더 내주려 움직일까 부담스러운 마음에 나부터 얼른 앉았다. 노인을 가운데로 해서 벤치 왼편은 텅텅 비고 오른편은 나와 저스틴이 빠듯하게 엉덩이를 밀어 넣은 기우뚱한 모양새로 우리 셋은 나란히 앉았다.

미국인들은 다른 사람을 잘 쳐다보지 않는다지만 꼭 그렇지도 않다. 그들도 사람이다. 자기도 모르게 시선이 가는 것까지는 어쩔 수 없다. 환한 햇볕 아래서 미국인들의 '자기도 모르게 가는 시선'을 받고 있으려니, 내키지 않은 무대 위에서 스포트라

이트라도 받는 양 좌불안석. 이런 내 형편은 아랑곳없이, 저스틴은 노인 쪽으로 아예 몸을 틀고 앉아 조잘대기 시작했다.

"How old are you(몇 살이에요)?"

우리에게 익숙한 일상의 그림이긴 했다. 노인과 아이의 정감 가는 대화. 우리가 알고 있는 그림에서 나이를 묻는 주체는 대부분, 아니 전적으로 '노인'이다. 그러나 저스틴이 등장하는 그림에서는 아이, 저스틴이다.

노인의 고개가 천천히, 아주 천천히 우리 쪽으로 향했다. 사람들의 시선은 이제, '자기도 모르게'의 수준을 넘어섰다. 자기들끼리 나누던 이야기를 멈추고 우리를 보고 있었다. 정확히 말하면 노인을 보고 있었다. 꼬마에게서 떠난 질문을 받아야 할 노인의 입술을. 노인의 시선이 저스틴에게 와서 머물렀다. 영원히 안 열릴 것 같던 노인의 흙빛 입술이 움찔거리더니 그 사이로 거칠고 마른 목소리가 새어 나왔다.

"I'm eighty six(86세란다)."

그 말에 저스틴은 크리스마스 아침, 트리 밑에서 전자기타를 발견하기라도 한 듯 "와아" 감탄사를 내질렀다.

노인과 우리를 보고 있던 주변 사람들의 얼굴에 미소가 피었다. 노인은 여전히 거칠고 마른 목소리였지만, 조금 높아진 톤으로 방금 저스틴이 한 물음을 되받았다.

"How old are you?"
"I'm six."

'나는 여섯 살이에요' 하는 평범하기 짝이 없는 대답에 주변 사람들은 소리 내어 웃었다. 그 뒤로 80년의 세월을 사이에 둔 노인과 아이의 대화는 계속 이어졌다.

"What is this(이게 뭐예요)?"

저스틴이 노인의 지팡이를 가리키면서 물었다. 노인이 땅으로 꺼질 것처럼 보이던 허리를 조금 폈다. 지팡이에 온몸을 지탱하던 힘을 좀 빼는 듯했다. 회색 눈썹을 움찔하더니, 주름 가득한 입가에 희미한 미소를 띄우며 말했다.

"He is my friend(내 친구란다)."

노인은 아이가 지팡이를 모를 리 없으니 뭔가 다른 답을 원한다고 생각했을지 모른다. 연유가 무엇이든, 지팡이를 '친구'라 부르는 노인의 대답이 의미심장하게 들렸다.

"Can I play with your friend(할아버지 친구하고 놀아도 되나요)?"

그날, 저스틴은 노인의 배려로 노인의 '친구'와 한참을 놀았다. 노인의 친구는 저스틴에게 말, 마이크, 목걸이, 검이 되어 주었다. 친구를 내준 노인은 벤치에 등을 기대고 말없이 앉아 있었다. 그렇게 가만히 앉아 있었어도 노인은 그날 꽤 고단했을 것이다. 화사한 햇살 속에서 여섯 살 아이와 뛰어노는 이는 지팡이가 아니라 그 자신이었을 테니. 그에게는 아주 오랜만의 플레이 데잇*play date 아니었을까?

* 플레이 데잇(paly date): 미국에서 아이들이 자기들끼리, 혹은 부모가 미리 약속하고 방과 후 집이나 놀이터 등에서 함께 노는 것을 이르는 용어

소리는 즐거워

저스틴은 '소리'를 다르게 듣는다. 이 아이에게는 이 세상 모든 소리가 나름의 존재 이유를 갖는다. 심지어는 '소음'마저도 그렇다. 저스틴은 아무리 작은 소리라도, 아무리 섞인 소리라도 그만의 고유함을 지닌 소리로 듣는다.

동영상으로 오케스트라 연주를 들을 때, 평범하기 짝이 없는 내 귀는 저마다의 악기가 내는 소리가 잘 분간되지 않는다. 그런데 저스틴은 한데 어우러진 소리의 군집에서 제각각의 악기 소리를 정확하게 가려듣는다. 그래서 자기가 연주할 줄 아는 악기들을 가져와 어설프게나마 그 악기의 파트를 연주한다. 영상 밖에서 오케스트라 연주에 참여하는 셈이다.

주변에서는 이런 저스틴에게 음악적 재능이 뛰어나다고 말들 한다. 진위여부는 알 수 없지만 그래서 다른 발달이 지체된다고 보는 견해도 있긴 하다. 인지 및 신체 발달 정도가 '전형적 인typical' 아이들에 비해 2년 정도 느린 저스틴이 음악에서만큼은 '빠르다'는 걸 알았을 때, 엄마인 내 마음은 솔직히 뿌듯했다. 모든 게 느린 줄만 알았는데 빠른 면도 있다는 사실이 위로가 되기도 하고, 위로보다 더 큰 무언가를 선물로 받았기 때문이다.

저스틴이 돌 무렵이 되어도 걷거나 말하지 못하면서 시작된 내 걱정은 만 3세에 '자폐성 발달 장애'라는 진단이 아이에게 내려지면서 본격화되었다. 눈 뜨고 있는 시간은 내내 아이 걱정이었다. 고작 세 살밖에 안 된 아이의 맑은 눈동자와 젖살 통통한 볼을 보면서, 초등학교 들어가는 일곱 살, 대학 들어가는 스무 살, 결혼하는 서른 살, 또 그 이후를 걱정하며 뜬눈과 한숨과 눈물로 밤을 새우기도 했다.

그런데 저스틴의 미래가 캄캄하고 막막하게 느껴지던 그 순간에도 저스틴은 음악에 '남달리 뛰어난' 재능을 보이고 있었던 셈이다. 소리에 유난히 민감하다는 걸로, 자신이 음악에 남다른 재능을 가졌음을 몸으로 말하고 있었다. 나는 두 눈 크게 뜨고서도 막막한 미래에 짓눌려 그걸 제대로 보지 못했던 것이다.

진공청소기 돌리는 소리, 믹서로 주스 만드는 소리, 공공 화장실에서 핸드드라이어로 손 말리는 소리, 구급차가 아픈 사람 구하러 가는 소리, 경찰차가 나쁜 사람 잡으러 가는 소리… 이 모든 소리들을 저스틴은 싫다고 울거나, 아니면 좋다고 귀를 세우고 들었다. 그 모습을 보면서 나는 한 가지 생각만 했다.

'아, 이 아이가 발달에 문제가 있어서 이렇구나….'

그게 아니었다. 저스틴이 발달 장애라 소리에 민감할 수도 있지만, 음악에 남다른 재능이 있어서 소리를 다르게 들었을 수도 있다. 어느 쪽이 맞는지 굳이 분간할 필요는 없을 것 같다. 중요한 건, 저스틴이 음악을 좋아한다는 사실이다. 아니, 엄밀히 말하면 '소리'를 좋아한다는 사실이다.

저스틴이 숙제는 안 하고 딴짓을 해서 내가 언성을 높인 적이 있었다. 학생으로서 왜 숙제와 공부를 성실히 해야 하는지, 격

앙된 목소리로 진지하게 설명하고 있는데 저스틴이 '킥킥' 웃음을 흘렸다. 저스틴의 반응에 내 목소리는 자연히 톤이 엄해지고 볼륨이 높아졌다. 그런데 저스틴에게서 새는 웃음도 그 강도가 세졌다. 급기야 나는 '엄마한테 혼나면서 웃음이 나오느냐'며 호통쳤다. 그때까지는 혼나는 줄 몰랐던지, 그제야 저스틴이 웃음을 멈췄다.

나는 뱃속 깊은 곳에서부터 뜨거운 한숨이 솟구치면서 울고 싶은 심정이 되었다. 엄마에게 혼나면서 킥킥거리는 아이의 얼굴 위로 이 아이의 스무 살, 서른 살의 미래가 또 겹쳤던 것 같다. 복잡한 심경에 한참 만에야 잦아든 목소리로 내가 저스틴에게 물었다.

"엄마는 화가 났는데, 너는 왜 웃는 거니?"

저스틴은 금방이라도 눈물이 굴러 내릴 것 같은 눈을 들어 시선을 내 코에 맞추고 이랬다.

"엄마가 노래 부르는 것 같아서…"

평소와 확연히 다른 톤, 다른 볼륨, 분명한 장단고저…. 화나서 혼을 내는 엄마의 목소리가 아이의 귀에는 '노래'로 들렸던 거다. 그래서 아이는 웃었다, 귀가 즐거워서. 귀가 즐거우니 마음도 즐거워져서, 저스틴은 그래서 웃었다.

저스틴을 아는 사람들은 이렇게들 말한다.

"저스틴은 행복한 happy 아이예요."
"저스틴은 긍정적인 positive 아이예요."
"저스틴은 다정한 sweet 아이예요."
"저스틴은 맑은 pure 아이예요."

저스틴이 행복하고, 긍정적이고, 다정하고, 맑을 수 있는 이유에는 단연코 '음악', 아니 '소리'가 있다. 가끔 저스틴에게 이런 걸 묻고 싶어진다.

"해가 지는 소리는 어떠니?"
"달팽이가 기어가는 소리는 어떠니?"
"저녁에 어스름 그림자가 깔리는 소리는 어떠니?"
"내가 네 얼굴에 볼을 비비는 소리는 어떠니?"

필시, 이 아이는 그 소리들을 알고 있을 것 같다. 아무리 작은 것들의 아무리 사소한 움직임도 소리로 듣고, 소리를 즐기는 아이니까. 그래서 저스틴은 행복하다.

엄마인 내게, 음악적 재능보다
더 큰 선물은 바로 그것이다.

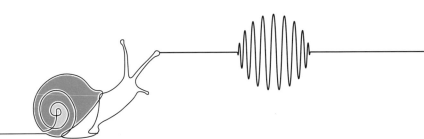

04

나를
· 자
· 라
· 게
해
주는
내
편,

적敵

내가 끄덕일 때 똑같이 끄덕이는 친구는 필요 없다.
그런 건 내 그림자가 더 잘한다.

_ 플루타르크

남는 것 없는 장사

누군가를 싫어할 때, 정작 싫어하는 당사자가 더 손해일지 모른다. 까다로워 싫고, 이기적이라 싫고, 욕심 많아 싫고, 심지어는 이렇다 할 이유 없이 누군가를 싫어한다.

그 사람 싫다, 생각하면 그 생각에 충실해지려 싫어할 이유를 찾아다닌다. 그 사람 싫다, 말로 하면 그 말에 책임지려 싫어할 핑계를 찾아다닌다. 그렇게 찾아다니다 보니 어느덧 이유와 핑계는 점점 늘어나서 어느 날 보면 그 사람은 '다' 싫은 사람이 되어 있다.

필시 그 사람이 가졌을 장점은 누려 볼 기회조차 없어진다. 내가 갖지 못한 장점일 수 있는데도. 설상가상으로, 내가 그를 싫어하는 동안 그 역시 '나'를 싫어할 핑계를 찾아다닐지도 모를 일이다.

요모조모 따져 봐도 누군가를 싫어하는 건
남는 게 없는 장사인 것 같다.

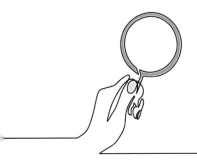

다른 사람은 몰라도

드라마 〈미생〉에 인상 깊은 장면이 있다. 영업팀이 자원팀에 중요한 서류를 넘겼는데 자원팀이 팀의 실수를 가리고자 서류를 못 받았다고 발뺌하는 대목이다. 영업팀의 장그래는 자기팀의 결백을 증명하려고 몰래 자원팀의 서류함을 뒤진다. 어찌 된 일인지 서류를 찾을 수 없었고, 하필 그 순간 자원팀 정과장이 나타나면서 장그래는 도둑으로 몰린다.

먹살잡이하며 소란해진 틈을 뚫고 영업팀의 오 과장이 등장한다. 오 과장은 정 과장을 회사 옥상으로 데리고 가서 분실된 서류를 눈앞에 내민다. 정 과장은 당황해서 더듬거리긴 해도, '그 서류가 이전에 넘어온 건지, 지금 나온 건지 어떻게 증명할거냐'며 물러서지 않는다. 그때, 오 과장이 하는 말.

"맞아. 증명 못 하지. 아무도 모르지. 하지만 너는 알지."

그 말에 드디어 정 과장은 오 과장을 '형'이라 부르며 죄를 시인한다. 나였다면 문제의 서류를 들이밀며 만천하에 사실을 명명백백히 밝히려 들었을 것이다. 누명을 쓰고 몰리는 상황이라면, 오해하는 사람들 앞에서 보란 듯이 흑백을 가리고 싶은 게 인지상정 아닌가 말이다. 그런데 오 과장은 다른 선택을 했다. 오 과장은 정 과장을 공개적으로 '범인' 취급하지 않고, 그 누구도 '적'으로 만들지 않았다. 대신 '양심'의 힘을 믿었다.

누군가의 양심은 '범인'으로 취급받으면 사라지지만, '사람'으로 대우받으면 생겨난다는 것. 드라마는 바로 그 이야기를 하고 있었던 것 아닐까. "아무도 모르지. 하지만 너는 알지."라는 말로 말이다.

참, 다른 사람들은 오 과장이 서류를 분실했다고 여기며 그를 비웃었을까? 오 과장이 어떤 사람인지 이미 그들은 잘 알고 있다. 이미 다 아는데, 그런 사실을 짚고 따져서 굳이 누군가의 적이 되고, 또 적을 만들어 갈 필요는 없다. 오 과장은 그것도 알고 있었을 것이다.

적이 원하는 것

살다 보면 좋든 싫든, 크고 작은 적이 생기게 마련이다. 이런저런 오해, 편견, 이해관계가 얽혀 안타까운 인연으로 귀결된 인연들 말이다. 나를 적으로 생각하는 듯한 사람도 있고, 나를 대놓고 적대시하는 사람들도 있다. 딱히 적이 아닌데도, 적이나 다름없이 대하는 이들도 있고.

'적'의 대우를 받으면 종일 마음이 안 좋다. 일도 손에 안 잡히고 그 생각에 매달려 있기 일쑤다. 하지만 어디쯤에서 애써 도리질한다. 내 마음이 어지러워져 아무것도 제대로 못 하는 것, 적이 원하는 건 그거지 싶기 때문이다. 그렇다면 의도치 않게 나는 '적의 편'이 되는 것이다. 내가 좋아하고, 나를 좋아해 주는 사람들 편도 제대로 못 되어 주면서 말이다.

나를 적으로 대하는 사람들에게서도 얻는 것은 있다. 왜 내가 적이 되어야 했는지, 나를 돌아볼 기회를 준다. 그들의 적대감 속에서 나를 들여다보는 기회를 얻는다는 건 소중한 배움이요, 각성의 기회다.

맞다. 하지만 그렇다고 해서, 고마운 나머지 그의 편이 되어야 할 의무는 없다. 적이 되기까지 나름 노력을 하고, '다름'의 정도를 줄이려 고민했을 게 틀림없지만, 아무리 해도 융화할 수 없는 분명한 '다름'이 있었을 테니까. 적을 만나거나 적의 대우를 받은 날에는 그 '다름'에 관해 한 번 더 생각해 보는 것으로 충분하다. 그 '다름'에서 내가 배울만한 게 있는지 고민하는 정도면 참 기특할 것이고.

적대적임, 그 자체를 불쾌하게 여기며 마음이 자꾸 어지러워진다면 조심하는 게 좋다. 이성의 균형이 깨어져 실수할 수 있다. 그거야말로 적에게 이로운 것이고, 그거야말로 적의 편이 되어주는 것 아니고 뭘까? 적을 만났을 때, 나는 기도처럼 되뇐다.

적으로부터 배우되
적의 편이 되지는 말자고 말이다.

어린 적

초등학교 4학년 무렵, 무던히도 나를 괴롭히던 어린 '적'이 있었다. 이가 유난히 누렇고, 머리는 떡 지고, 말썽도 많이 피우는 남자아이였는데, 자꾸 나를 따라다니며 괴롭혔다. 하도 오래전이라 어떤 괴롭힘을 당했는지 일일이 기억은 안 나지만, 날 건드리고, 놀리고, 짓궂게 굴었다. 그 아이한테 당할 일을 생각하면 학교 가는 것도 싫어질 정도였으니 분명 내겐 '적'이었다.

어느 날, 선생님이 남녀짝꿍을 짓자 하시더니 복도에 나가 줄을 서라고 했다. 키 작은 아이부터 순서대로 여학생 한 줄, 남학생 한 줄, 나란히 두 줄이 만들어졌다. 그런데 그 아이가 주변을 두리번거리자 다른 남자아이들 몇이 "ㅇㅇ야, 수정이 저기 있다." 하며 날 가리켰다. 가슴이 덜컹했다. 왜 저러나 싶었는데, 그 아이가 냉큼 내 옆으로 와서 섰다. 그리고는 줄의 키 순서에 따라 허리를 낮췄다가, 까치발을 했다가 하며 내 옆자리를 고수했다. 다른 남자아이들마저 재미가 붙어 그 아이의 키 맞추는 행동을 따라 하며 장단을 맞췄다.

반 전체가 죄 나와 그 아이를 번갈아 보며 키득거렸다. 너무 창피해서 땅으로 꺼져 들어가고 싶었다. 도대체 나랑 무슨 원수가 졌다고 누런 이에 떡 진 머리, 말썽꾸러기 남자아이가 날 이다지도 못살게 구는지…. 갑자기 설움이 북받쳐 그만, 울어버렸다. 딴에는 참고 참았던 눈물이었다.

내가 울자 그 아이가 하던 짓을 딱 멈추었다. 다른 남자아이들도 머쓱한 표정으로 키 맞추기를 중단했다. 그리고 나는 '천만다행으로' 다른 남자아이와 짝이 되었다. 그 아이는 귀양 가듯, 내게서 멀찌감치 떨어진 곳으로 자리가 배정되었고.

딱 거기서, 그 아이에 대한 내 기억은 멈췄다. 그때가 3학년인지, 4학년인지도 어렴풋한데, 멈춰 버린 기억 속에 그 아이의 표정은 생생히 남아 있다. 내가 울어 버리자 나를 쳐다보던 그 아이의 표정 말이다. 두 눈은 노상 반달 모양을 한 채, 누런 이를 드러내고 히죽거리던 얼굴에 뜬 낯선 표정. 정녕코 날 울리기 위해서가 아니었는데, 아주 난감하다는 그 표정. 이후로 그 아이는 더 이상 날 괴롭히지 않았던 것 같다. 계속 그랬다면 최소한 이름 석 자 정도는 기억 속에 박혔을 텐데 말이다.

머리가 크고 나서야 그 아이에게 혹시 내가 '첫사랑' 비슷한 게 아니었을까 하는 상상을 가끔 해 본다. 그럴 때면 이런 생각이 덩달아 따라붙는다.

'어린 나에게 너는 적이었는데, 어린 너에게 난 사랑이었어?'

물론, 진위를 확인할 길은 없다.

적을 대하는 법

"상대가 나를 괴롭힐수록 나를 낮춰 보세요."

"아니, 그게 말이 되나요? 안 그래도 적은 나를 낮추지 못해 안 달인데, 그럴수록 날 낮추라고요? 그럼 적은 기회를 놓칠세라 날 아예 밟으려 들 텐데요."

"당신이 당신을 낮추는데 밟으려 들면, 그 사람은 자기 자신에 게도 적이 될 겁니다. 자기 자신에게 적이 되는 것보다 슬픈 일 이 또 있을까요?"

— 동네 도서관에서 만난 구순의 백인 할머니, 라일라Lyla와의 대화

사소한 한마디

'적'은 차치하고 좋은 사이에서도 마음 상할 때가 있다. 너무 사소해서 서운하다는 티도 못 내고, 혼자 끙끙대다가 돌아서서 후회한다. 그때 한마디 할걸, 하고.

그런데 이제 보니, '한마디'가 큰일 한다는 걸 알겠다. 한마디가 내 편을 삽시간에 적으로 만든다는 걸 알겠다. 한마디 해 버리면 말한 사람 속은 시원해질 수 있지만, 들은 사람은 온데간데없이 곁에서 사라질 수 있다.

과장 아니다. 정말로, 딱 한마디 때문에 사람을 잃는 일이 실제로 일어난다. 몇십 년 된 사이인데 한마디가 화근이 되어 몇 분 만에 멀어진다. 멀리 갈 것도 없다. 내게도 많이 일어난 일이다. 그래서 잘 안다.

사소하니 그냥 해 보는 한마디, 사소하니 그냥 안 하는 게 좋다. 예전에는 '한마디'를 안 해서 후회했는데 지금은 '한마디'를 안 해서 안도한다.

지금이라도 알아서
얼마나 다행인지 모른다.

흥하세요

편집장으로 일하던 로컬 잡지사를 나와 독립했다. 독립 잡지를 만들고 싶어서였다. 그곳에서 일을 시작할 때부터 언젠가 자유롭게 독립할 뜻을 밝혔기 때문에 오해의 소지는 없었다. 그래도 발행인 입장에서는 편집의 총책임을 맡은 사람이 그만두니 여러모로 복잡하고 번거로워질 상황이었다.

거기다 그녀는 아픈 곳이 있어 막 수술을 마친 차였다. 내가 독립하는 시기가 예상보다 당겨져 상의가 필요했다. 수술 뒤 회복을 위해 쉬고 있던 그녀의 집으로 찾아갔다. 이제 곧, 나와 그녀는 넓지도 않은 이곳 한인 사회에서 '잡지'라는 같은 미디어로 경쟁할 '적'이 될 참이었다.

그녀는 수술 후 진통제를 먹어도 통증이 가라앉지 않는다며 아픈 낯으로 나를 맞았다. 그녀를 돌보기 위해 어머니가 와 계셨는데, 마침 저녁때라 출출할 거라며 따뜻한 밥에 고추깻잎전을 내 오셨다. 조만간 자리를 내놓고 떠날 입장인지라 그런 따뜻한 환대가 못내 송구했다.

독립에 관해 나는 이런저런 사정을 풀어놓았고 발행인은 아픈 배를 부여잡고 담담히 들어 주었다. 그달 잡지 발행에 차질 없도록 각별히 신경 쓰겠다는 내 쪽의 약속과 마무리를 잘 지어 달라는 저쪽의 다짐이 오갔다. 이야기를 마치고 미안한 얼굴로 일어서는 내게 그녀가 웃으며 말했다

"흥하세요, 편집장님."

그 말에 멈칫 서서 그녀의 얼굴을 쳐다보았다.

'정말요? 내가 흥하길 바라세요?'

입 밖으로 내서 말하지는 못했다. 내 마음을 읽기라도 한 듯, 그녀가 고개를 끄덕이며 다시 웃었다.

"진심이에요. 주변 사람들 다 흥해야 나도 흥하는 거죠."

나에게 '이利'를 줄 수 있는 사람이 흥해야 내가 흥하는 줄로만 알고 있던 내게, 그건 뜻밖의 축사祝辭였다. 그녀 집을 나서 집으로 운전해서 오는 내내 그랬고, 몇 년의 시간이 흐른 지금도 그녀의 "흥하세요!"는 내게 작지 않은 울림을 준다.

내가 그 울림을 간직하는 한, 그녀는 내 편이다. 그럴 수밖에, 내가 흥하기를 바라는 사람이 내 편이 아니라면 누가 내 편인가 말이다. 나 또한 그녀의 편이다. 그럴 수밖에,

내가 흥하기를 바라는 사람 편을
안 들어 주면
누구 편을 드나 말이다.

어떻게 생각하세요?

요즘 재미있는 조어 중에 '답정너'란 게 있다. '답은 정해져 있고, 너는 대답만 하면 돼'라는 뜻이다. 즉, 자신이 듣고 싶은 답을 정해 놓고 답을 강요하는 것인데, 그래 놓고 이리 묻기는 한다.

　"어떻게 생각하세요?"

물음의 형식을 취하고 있으나 말투나 태도는 이쪽에서 어떤 대답을 하든, 자기가 정한 답에 욱여넣을 자신 있다는 기세다. 그 기세에 눌렸지만 한마디는 해야겠기에 상대가 말한다.

　"뭐, 이미 다 정해진 것 같은데요."

그럴 때 기다렸다는 듯이 답정녀가 하는 말.

"혹시 모르니 대비하는 마음에서 준비해 둔 거죠. 마음에
안 드시면 얼마든지 바꾸셔도 됩니다."

미리 답을 정해 놓은 건 맞지만, 보다 생산적이고 고무적으로
결과를 내기 위해 마련해 둔 대비책일 뿐, 수정 및 조정의 여지
는 있다는 뜻이다. 물론, 답정녀는 그럴 생각이 없다.

손익만이 고려되는 비즈니스 환경이나 관계에서는 어떨지 모
르겠다. '답'이란 게 있을지도. 그러나 생산적이고 고무적인 결
과를 위해 사람과 사람 사이에서 준비해야 하는 건 '답'이 아니
라 '목표'여야지 싶다.

'답'이란 건 흘러가는 상황에 따라, 관계된 사람에 따라, 또 다
른 무언가에 따라 얼마든지 바뀔 수 있다. 우리가 알고 있는 모
든 '답'은 '목표'와 동의어가 아니라 '목표'를 향해 가는 과정일
테니 말이다.

아니, '답'이란 애초에 없을 수도 있다. 살면서 우린 얼마나 많

은 질문에 답의 부재不在를 느끼는가. 그리고 반백 년 살아 보니, 있으면 시원할 것 같았는데 없어서 의미가 있는 때도 많은 것이 '답'이었다.

"어떻게 생각하세요?"라고 묻는 이가 답정너인지, 진심으로 상대의 생각을 궁금해하는 사람인지 구분은 어렵지 않다. 답정너는 상대의 말을 재단하려 가위를 들고 있을 테고, 아닌 사람은 상대의 말을 적으려 펜을 들고 있을 테니까.

"어떻게 생각하세요?"
적도 내 편으로 만드는 말.
진심으로 상대의 생각을 궁금해하며 쓴다면.

아까워 죽겠다

마트에 갔다가 낯익은 얼굴을 보았다. 시선이 정통으로 마주쳐 웃으며 눈인사를 했는데, 인사를 받는 그 사람의 모습이 어쩐지 불편해 보였다. 분명히 아는 얼굴인데…. 곰곰 짚어 보니, 기억나지 않는 어떤 이유로 우린 조금 불편한 관계였다. 나는 가뭇하나 그 사람은 이유를 알기에 불편했을 테고. 하지만 외면하지는 않은 걸 보면 '적'으로 단정 지을 수준은 아닌 듯했다.

글을 쓰고 있는 지금 다시 생각해 봐도 제대로 기억나지 않는다. 큰 맥락은 기억나지만, 어떤 시점에서 결정적으로 틀어졌는지 세세한 내막은 기억에 없다. 큰 맥락도 뭐, 살면서 얼마든지 생길 수 있는 허다한 맥락 중 하나에 불과하고.

어찌 됐건, 그 이유라는 게 눈앞에 터진 시점에 내 마음은 어땠을까? 불쾌감, 모욕감에 짓이겨져 이를 부득부득 갈았을지 모른다. 분을 못 이겨 펄쩍펄쩍 뛰었을 수도 있다. 그런 이유가 시간이 지나며 가뭇해지다 이렇게 잊히고 마는 것을, 아무리 되짚어 보려 기억을 쥐어짜도 안 나오는 것을….

어느 시점에 자취 없이 사라지고 말 이유로 나와 적이 된 사람, 사람들.

아, 진짜 아까워 죽겠다.

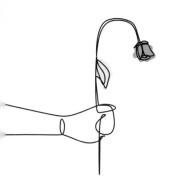

좋은 사람, 나쁜 사람

누가 '나'를 긍정적으로 평가하면 내게 그 사람은 좋은 사람이 된다. 누가 '나'를 부정적으로 평가하면 내게 그 사람은 나쁜 사람이 된다. 즉, 피드백이 사람을 가르는 기준이 된다.

긍정적인 피드백은 귀에 쏙쏙 들어온다. 내가 듣고 싶은 소리 니까. 내가 듣고 싶은 소리를 해 주니 그 사람이 좋다. 부정적인 피드백은 귀에서 탁탁 튕겨 나간다. 내가 듣기 싫은 소리니 까. 내가 듣기 싫은 소리를 하니 그 사람이 싫다. 부정적인 피 드백은 내 '모자란' 부분을 짚는 소리라는 생각에 듣기가 싫다.

'모자란'을 '약한'으로 바꾸면 달라진다. 내 '모자란' 부분이 아 니라 내 '약한' 부분을 짚는 소리. 부정적인 피드백은 내가 약한 부분을 강하게 만들어 줄 소리. 부정적인 피드백을 하는 사람은 그래서 날 단련하는 사람. 좋은 사람.

물론, '나'를 부정적으로 보는 것 자체를 목적으로 삼고, 부정적인 피드백만 남발하는 사람도 있다. 정말이지, 그런 피드백까지는 신경 쓸 필요 없다.

시간을 그런 데
축내지는 말자.

반半 믿음

사람과 사람 사이의 선, 하면 어린 시절 학교에서 책상에 경계선 긋던 생각이 난다. 짝꿍과 함께 쓰는 책상을 이쪽에서 몇뼘, 저쪽에서 몇 뼘, 손대중으로 잰 뒤 빨간색 크레용으로 선명하게 긋던 경계선. 짝꿍의 팔이나 책, 공책이 그 선을 넘어오면 되밀고, 지우개나 스티커 같은 게 넘어오면 '넘어왔으니 내 것'이라며 소유권을 '강탈'하기도 했다. 어린 시절 그 선은, 넘지 말라고 압력을 넣는 데 얼마쯤 효력이 있었던 것 같기는 하다.

사람 좋아하고, 사람 잘 믿고, 사람 안 가리는 나에게, 사람과 사람 사이에 선을 그으라고 조언해 주는 사람들이 있다. 그들은 '믿었다 배신당할 때를 대비해 두는 적당한 거리'가 '선'이라고 설명한다. 내 귀에 이 말은 어째, 사람을 다 믿지 말고 반만 믿으라는 말처럼 들린다. 사람을 믿을 때 '반만 믿자' 하면 진짜 반만 믿을 수 있는 걸까? 아니, 마음먹는다고 '완전히' 안 믿는 것이 가능이나 한 일일까? 걱정해 주는 사람들 성의를 봐서 내 나름대로 시도해 봤지만, 잘되지 않기에 하는 말이다. '저 사람을 안 믿어야지, 반만 믿어야지' 하면서 '거리'란 걸 두어 보지만, 어느새 내 마음 다 주고 속없이 웃고 앉았으니 어쩌란 말인가? '거리'고 '선'이고 팽개치고 아예 얼싸안고 시시덕거리고 있으니 어쩌란 말인가? 지인들은 이런 나를 두고 '헛똑똑이', '허당'이라고들 하는데, 내 성향은 바뀌지 않을 것 같다.

살면서 '배신당했다'고 할 만한 일이 없진 않지만, 사람을 믿으면 어쨌든 끝이 좋다고 믿는 쪽이다. 학교 다닐 때 수학을 싫어했고 여전히 셈에는 밝지 않지만, 배신할 99명이 두려워 믿음을 지켜 줄 1명을 갖지 못하는 일은 하고 싶지 않다. 99명에게 당할 배신도, 그로써 배울 게 있다면 겁은 나도 공포까지는 아니다.

아무래도 나는 앞으로도 죽, 사람을 반만 믿는 '선 긋기'는 잘 못할 것 같다.

그래서 주구장창 헛똑똑이로 살 것 같다.

하늘과 땅 차이

"죄송해요, 차가 너무 막혀 조금 늦을 것 같아요."
"할 수 없죠." / "그럴 수 있죠."

"어쩌죠, 아이가 실수로 컵을 깼어요."
"할 수 없죠." / "그럴 수 있죠."

"이런, 책을 돌려드린다는 걸 깜빡했어요."
"할 수 없죠." / "그럴 수 있죠."

"할 수 없죠."와 "그럴 수 있죠."는
내 편과 적을 가르는 말.
하늘과 땅 차이.

상식은 77억 개

'보편적으로 공통된 기준'을 '상식'이라 하면 경우마다 상식은 하나 정도여야 할 텐데, 내 눈에는 암만해도 '상식'이 77억 개일 것 같다. 딱 지금 세계 인구수인 77억만큼 말이다. 그렇지 않다면 제각각 이다지도 결이 다른 '상식'을 주장하고 나서겠는가.

언제부턴가 나는, 누군가 상식에 어긋나 보이는 말이나 행동을 해도 비상식적이거나 몰상식하다고 단정해서는 안 된다고 생각하기 시작했다. 그런 말이나 행동을 한 사람 자신은 자기말이나 행동을 다분히 상식적이라 생각한다는 걸 알았기 때문이다. 더불어, 내 생각을 '상식'으로 단정하며 당당히 남에게 강요해서는 안 된다는 기특한 생각도 하기 시작했다.

그냥 이 세상 상식을 77억 개로 생각하고, 상식에 어긋나 보이는 말이나 행동을 그냥 '나'의 상식에 어긋나 보인다고 생각하는 쪽을 택했다.

'친한 사이라면, 잠깐 아기 좀 봐 줄 수 있지 않나?'

아기를 부탁하는 쪽의 상식은 이렇지만, 부탁받은 쪽은 아무리 친한 사이라도 수험생이 있는 집에는 아이를 맡기면 안 된다는 상식을 갖고 있을 수 있다. 이 두 개의 상식에 '강요'가 개입되면 그동안 친했던 두 사람 사이에 돌이킬 수 없는 골이 파일 수도 있다.

'참 나, 우리 사이에 이것도 못 해 줘?'

이 세상에 77억 개 정도의 상식이 존재할지 모른다고 생각하면서 나는 오히려 마음이 편해졌다. 내 상식에만 몰두할 때 개입되는 불편한 감정이 한결 누그러졌음을 느끼기 때문이다. 바로, 서운함 말이다. 누군가에게 서운한 감정이 고개를 들려치면 이런 생각으로 눌러 본다.

'그건 내 상식이었나 봐.'

'저 사람 상식은 다른가 봐.'

물론, 이렇게 생각한다고 서운함이 완전히 가시는 건 아니다.

하지만 참 다행인 것은, '서운함'에서 멈출 뿐,

그게 '미움'으로 자라지는 않는다.

내 맘대로 재단

"그 사람, 그렇게 안 봤는데 영 아니에요. 잘 퍼주는 사람인
줄 알았는데, 왜 이리 야박하게 구는지….”

그렇게 안 봤는데…, 누군가에게 실망하면 쉽게 하는 말이다.
혹시, 처음에 '그렇게 안 봤다면' 어땠을까? 그 사람이 원래 잘
퍼주는 사람이 아니라면? 원래 잘 퍼주는 사람으로 본 게 문제
라면? 그 사람을 있는 그대로, '제대로' 보았다면 '그렇게 안 봤
는데'라는 말을 할 필요도 이유가 없었을 텐데 말이다. '잘 퍼
주는 사람'이 아니라는 게 비난받을 이유가 되지도 않았을 테
고….

내 눈에 처음에 '어떻게 보인다' 해서 사람을 '어떤' 사람으로

내 맘대로 재단하는 일은 안 하는 게 좋을 성싶다. 눈대중으로 재단해 만든 옷은 안 맞을 수 있다. 팔이 좀 남거나 바지 밑단 아래로 껑충하니 허연 다리가 드러날 수도 있다. 내 눈은 참, 어지간히도 재단 실력이 안 좋은지, 내 경우에는 너무 많이 그랬다.

내 맘대로 눈대중으로 대충 재서 옷을 만드는 수준에서 끝난다면 별문제 없다.

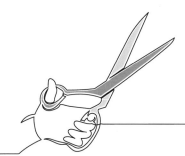

하지만 내 옷을 누군가에게 입으라고
강요하는 일은
없어야 할 것 같다.

남 탓 탁구공

잡지 디자인 파일이 수정되지 않은 상태로 돌아왔다. 내가 고쳐 달라고 한 부분이 고쳐지지 않은 채로 온 것이다. 수정을 원하는 부분에 내가 깜빡하고 메모를 안 넣었거나 잘못 넣었을 수 있다. 아니면 메모에는 문제가 없었는데, 그녀가 수정을 제대로 안 했을 수 있다. 누구 실수인지 확인하기 전에 일단 정황을 짚었다.

"그 부분 수정이 안 되어 있네요."

솔직히, 정황을 짚는다는 건 핑계고 그녀에게 실책을 전가하려는 마음이 컸다. 말하자면, 지적에 가까운…. 그런데 그녀에게서 바로 이런 문자가 들어왔다.

"아, 그래요? 제가 실수했나 봐요."

둘 중 한 사람이 실수했을 텐데, 그랬다면 따져볼 것 없이 그 장본인은 자신이라는 의미. 신기한 일이었다. '내가 실수했나 봐요.' 이 말을 듣는 순간, 실수한 장본인이 되지 않으려 바짝 힘주고 있던 내 마음은, 풍선에서 바람 빼듯 힘을 내놓더니 저절로 이런 말을 내보냈다.

"아닐 거예요. 내 실수일 거예요. 내가 요즘 바빠서 정신이 없었나 봐요."

사람과 사람 사이에 뭔가 일이 잘못될라 치면 반사적으로 '남 탓' 탁구공 기제가 발동한다. 잘못된 일을 놓고, '남 탓' 탁구공이 둘 사이를 넘어갔다 넘어오길 반복한다. 공이 오가는 속도는 점점 빨라진다. 어느 순간 공은 눈에 보이지도 않게 빠른가 싶더니 휙, 어딘가로 사라져 버린다. 공이 없어지자 두 사람은 탁구채를 든 채 서로를 노려보고 섰다. 둘은 곧 한 걸음, 두 걸음, 뒷걸음질 치며 서로에게서 멀어진다.

"내가 실수했나 봐요."는 상대의 진영으로 쳐 넘기기에만 바빴던 '남 탓' 탁구공을 이쪽으로 끌어와 '내 탓' 탁구공으로 만드는 말이다. 한 걸음, 두 걸음, 뒷걸음질로 멀어질 뻔했던 사이는 되려 한 걸음, 두 걸음 전진한다.

서로 손이 닿을 정도로,
서로 심장이 닿을 정도로 가까이,
더 가까이….

'내 편'을 향해서.

같은 사람, 다른 공간

사회생활을 시작하고 얼마 안 된 여름. 금쪽같은 휴가를 맞아 어린 시절 살던 부산에 친구와 함께 갔다. 부산에 입성해 겨우 하루 지났는데, 친구가 급한 일이 생겨 서울로 돌아가게 되었다. 정말 모처럼의 부산 여행이라 홀로 남기로 하고, 친구를 고속버스에 태워 올려보냈다.

나는 예전 살던 동네며 다녔던 학교도 찾아가 보고, 하루 종일 바다 구경도 하고 모래사장을 뛰어다닐 계획을 세웠다. 하지만 생전 처음 해 보는 '나 홀로' 여행은 생각처럼 만만치 않았다. 우선, '혼밥'이 고역이었다. 패스트푸드점에서 '굉장히 바쁜 커리어우먼인데—확연한 피서객 복장으로— 중요한 회의 도중 짬 내서 끼니 때우는' 척을 하거나, 수시로 시계를 들여다보고 창밖을 내다보며 '만나기로 한 사람이 늦어지는' 척을 했다. 가족끼리, 친구끼리 삼삼오오 몰려다니는 게 자연스러운 여름 휴가철, 혼잡한 바닷가에 스물 중반 여자가 혼자 어슬렁거리는 모양새는 사람들의 시선을 받기에 충분했다.

광안리 바닷가에 발 담그는 것까지만 하고 나도 일정을 줄여 서울로 돌아가야겠다고 마음먹은 찰나. 그 드넓은 광안리 바닷가에서, 세상에, 아는 얼굴을 만났다! "안녕하세요?" 했을 때 "누구세요?"만 안 하면 황송할 판이었다. 그녀는 같은 회사의 다른 지사 동료였다. 일하는 곳만 다른 뿐, 하는 일은 같아 한 달에 한두 번, 본사 전체 회의에서 얼굴을 보는 사이였는데, 어쩐지 말이 쉬이 섞이지 않는 상태로 1년 정도 시간이 흐른 터였다. 그러다 보니 회식 자리를 함께하면 저만치 떨어져 피차 신경 안 쓰거나, 어쩌다 가까이 앉더라도 눈인사 정도만 하는, 말하자면 조금 어색한 사이….

딱히 이유는 없었다. 회의 중에 질문이나 제안이 많은 나와 달리 그녀는 대부분 남의 말을 들으면서 무언가를 열심히 적는 쪽이었다. 혹시, 그녀는 침 튀기며 말 많은 내가, 또 나는 열심히 적기만 하는 그녀가 '나 같지 않아서' 어색했을까? 어쩐지 말이 쉬이 섞이지 않던 우리 두 사람은 서울에서 먼 광안리 바닷가에서 드디어 말을 섞기에 이르렀다. "안녕하세요?"란 내 인사에 그녀는 "네. 안녕하세요?"가 아닌 "부산엔 어쩐 일이세요?"로 답해 온 것이다!

그때부터 우리는 꽤 오래 말을 섞게 되었다. 그녀 역시 휴가를 맞아 내려왔단다. 본가가 부산으로, 대학 때부터 서울에서 자취했고, 취업까지 이어졌단다. 당연히 일가친척이며 친한 친구들은 죄 부산에 살고 있었다. 그날은 광안리 사는 친구가 결혼해 집들이에 가기로 했는데, 앞서 볼일이 예상보다 일찍 끝나서 바닷가에 들렀다고.

그로부터 한 시간 반 뒤, 나는 '뜬금없이' 그녀 친구의 집들이에 가 있었다. 부산에서 만난 그녀는 말없이 뭘 적기만 하는 사람이 아니었다. 집들이 끝나고 다 함께 몰려간 동네 노래방에서 '꽃피는 동백섬에 봄이 왔건만'을 목에 힘줄 숫게 부를 줄도 알고, 환상적인 비율의 '쏘맥'을 만들 줄도 알고, 밤바다를 걸을 때는 이루지 못한 첫사랑 이야기에 아련한 목소리를 낼 줄도 알았다. 회사에서 만난 그녀와 부산에서 만난 그녀는 같은 사람이지만 정말 많이 다른 사람이었다.

서울에 돌아온 뒤로 자주 보지는 못해도 우리는 간간이 점심을 함께하면서 동료로 의지하며 지냈다. 부산에서 그녀를 만나지 못했더라면 내게 그녀는 어떤 사람으로 남았을까? 남의 말에 귀를 기울일 줄은 알지만 아쉽게도, 지루한 사람. 그녀가 부산에서 나를 만나지 못했더라면, 나 역시 그녀에겐 할 말은 해도 시끄러운 사람으로 남았을지 모른다. 그러니까 서로에게 은근히 불편한 작은 적 정도로….

광안리 밤바다를 거닐며 친한 친구에게도 하지 못한 이야기를 그녀에게 털어놓던 기억이 난다. 그때 이후로 나는 사람을 만나고 사귈 때, '공간'의 힘을 꽤 믿게 되었다. 그래서 가끔은 일부러라도 '같은' 사람을 '다른' 곳에서 만나보려 애쓴다.

이를테면,
여행'지'나 술'자리' 같은.

판정 말고

나는 에디터다. 한국에서도, 미국으로 건너와서도 사보며 신문
이며 잡지를 만들었고 만들고 있다. 지금은 편집장이다 보니
에디터, 리포터들에게 직업 훈련을 시킨다.

그들 사이에서 내 훈련 방식은 '스파르타'식으로 평가되는 것
같다. 원래 성격도 급하고 직선적인 편인 데다, 늘 마감을 코앞
에 두고 살다 보니 지시를 내리든, 실수를 지적하든, 시간 낭비
없이 분명하게 일러 주어야 할 때가 많다.

나는 일을 잘한다는 평가도 받는 편이다. 스카우트 제의도 섭
섭지 않게 들어온다. 이 모두가 '일'에 집중해서일 거다. 일에
집중하니, 일 하나는 잘할 수밖에….

그런데 이제 알겠다. 일에만 집중하다 보니 사람을 보지 못했다는 것을. 어느 순간, 일에서 빠져나와 주변을 둘러보니 일하며 만난 사람들 중 내게 '사람'으로 남은 사람이 없었다. 정말, 얼마나 놀랐는지 모른다. 얼마나 충격이 컸는지….

나는 무조건 내가 일을 잘하는 게 같이 일하는 사람들에게도 득이 되리라 생각했다. 그래서 일에 집중했고, 일을 잘하면 직원들에게서 호감을 얻고, 그 호감이 일 밖으로까지 자연히 이어질 줄 알았다. 그런데 현실은 그렇지 않았다.

같이 일한 에디터, 리포터, 디자이너들에게 내가 가장 많이 한 일은 '판정判定'이었다. 일을 잘했는지, 못했는지, 결과에 대한 판정. 그것도 아주 불공평한 판정이었다. 결과가 나쁘면 못했다고 질책은 크게 하면서, 결과가 좋을 때 잘했다는 칭찬은 굳이 하지 않았다. 안 하고 넘어갔다. 질책 않고 침묵하면 그게 칭찬이려니, 이해할 줄 알았다. 나는 '판정'에 급했고, '인정認定'에는 느리다 못해 정지 상태였다.

그들에게 나는, 일을 깔끔하게 마무리하고, 일 하나는 확실하게 가르쳐 주는 편집장이었지만, '내 편'이 되어 주지는 못했던 거다. 그래서 당연히, 그들로부터 '내 편'에 상응하는 신뢰와 애정을 얻지 못했다. 나는 팀원들에게 리더가 아니라 보스이기만 했다.

'일'을 '내 편'으로 만들면 '보스'가 된다. 일을 열심히 하고 잘하면 누구나 보스가 될 수 있다. '일'이 아닌 '사람'을 '내 편'으로 만들면 '리더'가 된다. 이건 일을 열심히 잘한다고 할 수 있는 게 아니다. 여기에는 사람의 '마음'이 개입되기 때문이다.

아니, 리더가 안 되면 어떤가? 나는 이제부터라도 누군가에게 보스보다, 리더보다 '내 편'이 되고 싶다. 보스, 리더, 내 편. 세 단어를 글자로 적어 보라. 어디서 '사람' 냄새가 제일 많이 나는지…. 이걸, 정말 이제야, 뒤늦게야 깨닫는다.

> *내 편의 주체는 '일'이 아니라 '사람'이라는 것을.*
> *일도 사람이 하는 것임을.*

적, 당신이 아니었다면

드라마마다 주인공을 괴롭히는 '적'이 등장한다. 적의 존재가 선명할수록 드라마는 흥미를 더하기 마련이다. 십여 년 전, 뜨거운 인기를 얻었던 드라마 〈선덕여왕〉을 빼놓지 않고 보았다. 제목은 '선덕여왕'인데, 미실이 타이틀 롤이 아닌가 싶을 정도로 선덕여왕의 적, 미실의 캐릭터는 매력적이었다.

여자 몸으로 스스로 왕이 되고자 선언한 덕만 공주에게 모반을 도모했다가 실패하고 자결하는 미실. 독배를 들고 의자에 앉은 채 숨을 거두는 미실 앞에서 덕만 공주는 이렇게 독백한다.

"미실, 당신이 아니었다면 나는 나의 가치를 제대로 알지 못했을 겁니다. 안녕, 미실."

더 이상 극명할 수 없는 '적'이란 관계로 이쪽과 저쪽의 끝에서 만났지만, 미실의 주검 앞에서 덕만 공주는 진심에서 우러나는 뜨거운 눈물과 깊게 숙인 고개로 이별을 고한다.

적에게 바치는 경의.
내 편을 향한 애정과 신뢰 못지않은
의미와 가치를 지닌 것.

05

나를

· 나
· 답
· 게

해

주

는

내

편,

나

나 스스로 '내 편'이 될 수 없다면
남의 '내 편'도 되어 줄 수 없다.

_ 나, 이수정

좋아하는 걸 찾는 데는 75년이 걸릴 수도 있어

올해 일흔아홉인 우리 엄마는 엑스트라다. 재연 배우, 혹은 단역 배우 말이다. 일흔다섯 무렵, 예능 프로그램에서 '박수 부대'로 일을 시작했다. 몇 년 전 개봉된 영화 〈수상한 그녀〉에도 엄마가 나왔다는데 눈 씻고 봐도 찾을 수는 없었다. 영화 〈어벤져스 2〉에서는 대한민국 상공을 날아가는 어벤져스들을 가리키며 "와, 저게 뭐야?"라고 대사도 했다는데 역시 눈 씻고 봐도 엄마를 찾을 수 없었다.

요새는 아침 정보 프로그램에서 '며느리가 야속할 때' 같은 상황을 시어머니 입장에서 재연하는 역할을 맡거나 케이블 TV의 시니어 토크 쇼에 몇 주에 한번 붙박아서 나오는 '반女' 고정으로 출연하고 있다.

칠십여 평생, 배우가 될 생각은 꿈에서조차 해 본 적 없던 우리 엄마는 지금 단역 배우로 신명 나는 인생을 살고 있다. 당신에게 딱 맞는 일이란다. 너무 좋단다.

"수정아, 좋아하는 일을 찾는 데는 75년이 걸릴 수도 있어."

엄마는 75년 만에 드디어 좋아하는 일을 찾았지만, 지나간 75년을 원망하지 않았다. 지금이라도 찾은 게 다행이라며, 인생에서 가장 행복한 79세를 살고 있다.

30년쯤 뒤 내가 지금의 엄마 나이가 되었을 때, 나도 엄마처럼 지난 세월을 덧없어하지 않을 수 있을까? 우리 엄마처럼 꽃분홍 셔츠 입고 그 꽃빛에 너무나도 잘 어울리는 함박웃음을 귀에 걸고, 자신이 하는 '작은' 일에 세상을 다 얻은 양 신나 할 수 있을까? 그럴 가능성이 적지 않음에 감사할 따름이다.

나는 엄마 딸이라 튼튼한 잇몸과 더불어
긍정적인 마인드를 물려받았으니까….

명예로운 나

생면부지의 사람들이 힘을 합치는 장면. 백 명 남짓의 사람들이 달려들어 지하철 몸체를 기울이는 동영상을 보았다. 지하철과 승강장 사이에 몸이 낀 사람을 구하기 위해서였다.

'나 하나쯤' 하며 대충 미는 척을 했다 해도 지하철은 움직였을 거다. 그런데 그들은 '나 하나라도' 빠지면 지하철이 결코 기울지 않을 듯 사력을 다하고 있었다.

울컥, 목이 메어 올 정도로 감동이었다. 지하철을 기울이자고 지시를 내린 사람도, 진두지휘한 사람도 없었다는 게 더 큰 감동이었다. 그 순간, 한 사람, 한 사람이 모두 저마다 명예로운 일의 주역이었다.

명예로운 일은 그런 것 같다. 박수받기를 염두에 두지 않고도
사력을 다하는 마음. 그것도 나 아닌 타인을 위해서, 그것도 나
와 한 톨의 이해관계도 없는 생면부지의 타인을 위해서….

그들의 마음을 닮고 싶다.
그들의 마음으로 살고 싶다.

명예로운 나로 말이다.

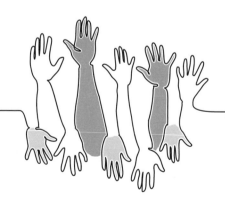

장님 고기

'장님고기'란 게 있다. 어린 시절, 학교에서 박물관 견학을 갔을 때 코앞에서 보았다. 까마득한 심해深海에서 산다는, 흔치 않은 어종이라고 했다. 장님고기는 시력이 약한 게 아니라 원래 눈이 없다. 그러니까 장님고기가 아니라 '눈 없는 고기'라 해야 옳다.

장님고기는 다른 물고기와 외양이 다르지 않았다. 작은 붕어만 한 몸집에 딱히 흰색이랄 수도, 회색이랄 수도 없는 희끄무레한 빛을 띠고 있었다. 다만, 눈 있을 자리에 눈이 없었다. 장님고기의 모습에 여자아이들은 "어머!" 짠하다는 외마디를 올렸고 남자아이들은 신기하다며 "우와!" 감탄사를 질렀다. 그 틈에서 나는 말없이 있었다. 선생님, 아이들이 다른 수족관으로 몰려가는데 나는 장님고기 앞을 쉽게 뜨지 못했다.

집으로 돌아와 책가방을 내려놓기 무섭게 하얀 도화지를 북 뜯었다. 장님고기를 그릴 참이었다. 검정 크레용으로 몸통을 먼저 그렸다. 백 개 남짓이나 되는 형형색색 크레용 속에서 장님고기를 그리기 위해 필요한 색은 딱 두 개, 회색과 검은색뿐이었다. 검정 크레용으로 눈이 있을 자리에 점을 찍어 주는 순간, 도화지 위로 뚝뚝, 눈물이 떨어졌다. 장님고기 눈 자리에 내 눈물이 떨어져 장님고기도 우는 것 같았다.

사십여 년 전 일이다. 그사이 나는 물고기에게 눈이 없다는 이유로 울지 않는 어른이 되었다. 그리고 그때 장님고기에 관해 몰랐던 걸 이제는 안다. 장님고기의 정식 이름은 '멕시칸 동굴 장님고기Mexican Blind Cave Fish'이다. 장님고기는 빛 한 조각 들어오지 않는 동굴에 서식한다. 장님고기에게 눈이 없는 이유는 눈이 필요 없어서다. 눈 없이 사는 게 더 유리해서 눈을 버리기로 한 것이다. 장님고기는 눈을 버린 대신 후각을 키웠고, 수압, 조류 변화를 느끼는 능력을 키워 냈다.

그 시절, 장님고기가 혹시라도 절 그리다 우는 나를 봤다면, 그리고 말을 할 수 있다면 내게 이리 묻진 않았을지….

'너, 왜 우니?'

밝은 세상에서 사는 내가 어두운 세상에서 사는 장님고기를 보고 눈물을 흘렸다. 하지만 밝은 세상도 세상이고, 어두운 세상도 세상이다. 밝은 세상에서 산다고 나는 무조건 행복하고, 어두운 세상에서 산다고 장님고기는 무조건 불행할까? 장님고기가 내게서 원한 건 일방적인 동정이 아니었을지 모른다. 이렇게 말해 주기를 바랐을지도….

'내가 사는 밝은 이곳은 좋기도 하고 안 좋기도 한데, 네가 사는 세상은 어떠니? 거긴 내 보기에 깜깜한데 괜찮니? 깜깜한데도 너는 참 잘살고 있는 것 같아.'

누군가의 한마디는 누군가의 길이 된다

중학교 2학년 때 담임선생님은 국어 선생님이셨다. 학교에 '문학'과 관련된 특별활동반이 두 개 있었는데, 문예반은 누구나 참여 가능했던 데 비해, 창작반은 나름의 '오디션'이 있었다.

나는 운 좋게, 졸시 한 편으로 창작반에 발탁되는 영광을 얻었다. 36년 전 일이지만 그때 쓴 시의 제목이 기억난다. 좀 식상하지만, '달빛'이었다. '달빛'을 '은빛 소맷자락'으로 비유했던 대목은 지금 생각해도 꽤 대견하긴 하다.

2학년 1학기가 막 끝난 날이었다. 반 아이들 몇이 둘러앉아 저마다 손에 성적표를 들고서 가정 통신란에 적힌 선생님 말씀을 소리 내어 읽기 시작했다.

"김○○은 품행이 방정합니다."

"이거, 좋은 뜻이야, 나쁜 뜻이야?" / "방정맞다는 거 아 냐?"

"윤○○은 착실하나 주의가 조금 산만합니다."

"'주의'가 아니라 '주위'가 맞는 거 아냐?" / "국어 선생님께 맞춤법 따지고 싶냐? 지금, 너보고 산만하다는데!"

"최○○은 매사에 모범적입니다."

"선생님께서 진실을 모르시는구나." / "낄낄낄."

그러다 내 차례가 되었는데, 듣던 아이들 눈이 휘둥그레졌다.

"이수정은 문제가 있습니다."

"너, 어쩌니? 부모님께 걱정 듣겠다."

나는 학교가 파하고 집에 가서, 바느질하고 있던 엄마에게 성적표를 내밀었다.

"엄마, 선생님이 나 문제 있대."

휘둥그레지던 아이들 눈과 반대로 엄마의 눈은 쪼그라들었다.

"너한테 문제가 있다고?"
"응."
"무슨 문제?"
"이런 문제."

내가 성적표를 엄마에게 내밀었다. 그걸 들여다보던 엄마의 쪼그라들었던 눈이 이번에는 히죽, 세모꼴이 되었다.

"문재文才가 있습니다."

선생님의 짧고 굵은 이 한마디는 파장이 굉장히 커서 그로부터 지금까지 36년이란 시간을 내 삶에서 이어지고 있다.

과장해서 하는 말이 아니다. 전업 작가는 아니지만 나는 카피라이터, 번역 작가, 에디터란 직업을 거치거나 겹치면서 짧지않은 세월, 글을 쓰며 살아왔다. 내가 글을 잘 쓰고 못 쓰고를 떠나 선생님은 '나'라는 사람과 '글'이란 것을 그렇게 간결하면서 깊게 맺어 주셨다.

선생님의 한마디는 내게 어떤 길을 열어 주었고, 그 길은 곧 내 인생이 되었다. 독자로서 글을 읽고, 에디터로서 글을 다듬고, 작가로 글을 쓰며 어떻게든 글을 놓지 않는 '글 인생' 말이다. 누가 알아주든 상관없이, 세상의 인정을 받고자 애쓸 필요 없이, 자유롭고 여유롭게 글을 쓰는…, 글 쓰는 그 자체가 행복한 글 인생 말이다.

누가 알아봐 주는 건, 열다섯 살 어린 그때 내게 '문재文才'가 있음을 알아봐 주신 스승 한 분이면 족하다.

넘치도록 족하다.

기억은 사라지는 게 아니다

글을 쓰다 보니 선생님 생각이 간절해졌다. 어디서 무얼 하고 계실까? 36년 전 찬란한 어느 봄날, 그분은 커다란 창으로 밀려드는 노란 햇살을 등에 지고 우리에게 노래 하나를 가르쳐 주셨다. 이해하기 조금 어려운 노랫말. 뜻은 잘 몰라도 어쩐지 마음 한쪽이 시큰하게 아려 오는 멜로디….

"긴 밤 지새우고 풀잎마다 맺힌, 진주보다 더 고운 아침이 슬처럼…."

때는 1982년. 그 후 5년쯤 지나 대학교 신입생 오리엔테이션에서 그 노래를 다시 부르면서 중학교 당시엔 금지곡이었음을 알았다. 선생님은 그때 대학을 갓 졸업한 신참 여교사였지만 그분은 그런 분이셨다. 당당하고 두려움이 없는 분.

다른 과목은 중간 정도에 겨우 턱걸이하고, 국어와 한문은 남들보다 조금 더 잘했을 뿐인 내게 "넌 제2의 양주동이 돼라."고 격려해 주셨던 분. 내가 양주동 박사처럼 그렇게 '천재적'이었을 리 없는데, 평범하기 짝이 없는 중학생 제자에게 큰 그림을 그려 주셨던 거다. 정작 나 자신은 꿈도 꾸지 못하는 큰 꿈을 말이다.

물론, 나는 '제2의 양주동' 근처에도 못 가 봤다. 평범한 에디터로, 오십 넘은 지금도 소설을 '쓴다'고 하기는 뭣한, 습작 수준의 작가 초년생으로 살고 있다. 36년 만에 선생님을 만난다면, 나는 그 앞에 부끄럽지 않을 수 있을까? 나를 놓고 그려 주셨던 큰 그림의 한 조각도 채우지 못했는데….

하지만 민망한 마음보다 뵙고 싶은 마음이 더 컸다. 용기 내어 그분 이름을 찾기 시작했다. 우선 인터넷을 뒤졌다. 뜻밖에도 선생님을 찾아내기까지 불과 오 분도 채 걸리지 않았다. 내 모교인 영란여중 홈페이지에 '상담 교사'로 이름이 올라와 있다. 반가움에 가슴이 뛰기보다는 '설마' 하는 마음이 더 컸다.

'동명이인이겠지, 설마⋯. 36년이나 지났는데⋯.'

그래도 혹시나 싶어 모교로 전화를 걸었다. 젊은 남자 교사가 전화를 받았다. "최진숙 선생님과 통화할 수 있을까요?" 했더니 점심 식사를 나가셨단다. 나는 내 이름과 미국 전화번호를 전해 달라고 하고, 선생님의 전화를 기다렸다. 하지만 전화는 오지 않았다.

'아, 동명이인이 맞나 보다. 그 선생님이라면, 너무 오랜 세월이 흘러 날 기억 못 하셔도 전화는 한번 주실 법한데⋯.'

그래도 한 번은 더 확인하고픈 마음에, 이틀이 지나 다시 학교로 전화를 걸었다. 이번에는 젊은 여교사가 전화를 받았다. "최진숙 선생님, 계신가요?" 했더니 "잠시만 기다리세요." 하고 소리가 멀어졌다. 기다리는 동안 기대는 없었다. 동명이인 최진숙 선생님이 받으면 어떻게 설명해야 하나, 그 생각만 하고 있었다.

누군가 전화를 건네받는 기척, 그리고 "최진숙입니다." 하는 목소리. 게다가 젊고 가녀린 목소리. 선생님은 이제 예순이 넘으셨을 텐데…, 아니라면서 내심 기대가 컸던 걸까? 심장이 수직으로 뚝 떨어지는 듯 다리에서 힘이 풀렸다. '죄송합니다, 예전 은사님과 성함이 같아서요.' 하려는 순간, 수화기 너머에서 내 이름이 흘러나왔다!

"수정이니?"

36년 전 앳된 목소리를 그대로 간직하고 계신 최진숙 선생님, 우리 선생님이 맞았다! 알고 보니 선생님은 메모를 건네받고 곧바로 전화하려 했는데 국제전화를 해 본 적이 없어서 연결되지 않은 것이었다. 마침 뒤로 수업이 없다는 선생님과 이야기를 나눴다. 한 시간 동안이나 이야기가 이어졌을 정도로, 놀랍게도 선생님은 나에 관해 많은 걸 기억하고 계셨다.

"넌 글도 잘 썼지만, 글씨도 잘 썼지. 그래서 서기였잖아!"

내가 써 놓고도 못 알아보는 악필 대장이 난데, 중학교 때는 내가 글씨 잘 쓰는 서기였다니…. 나도 기억 못 하는 내가 선생님의 입에서 조각조각 흘러나왔다. 선생님은 옛 제자가 찾아 줘 고맙다고 여러 번 말씀하시며, 평생 교직 지킨 보람을 내가 찾아 줬다고 즐거워하셨다. 나와 통화하는 모습을 곁에 있는 후배 교사들이 부러운 눈으로 쳐다보고 있다며 웃기도 하셨다.

전화를 끊고 선생님으로부터 연이어 사진이 전송되었다. 36년 전 빛바랜 시간들이 태평양 건너 조그만 내 휴대폰 속으로 날아들었다. 36년 전 생활 기록부 속의 나, 36년 전 선생님 사진, 떠올려 볼수록 새롭게 선명해지는 36년 전 사진 속 시간들….

'기억'은 사라지는 게 아니었다. 잠자고 있을 뿐. 깨워 주는 손길을 기다리면서 말이다.

사랑, 존경, 그리움 같은,
아름다운 이름을 가진 손길을 기다리면서.

사투리 소녀

나는 초등학교 4학년 때 부산에서 서울로 전학을 왔다. 부산도 분명 대도시인데, 서울 아이들은 서울이 부산보다 더 큰 도시임을 어떻게든 표시하고 싶은지, 혹은 내가 떠나온 부산을 어떻게든 더 작게 줄이고 싶은지, 부산을 제 이름으로 불러 주지 않고, '경상도'라는 더 큰 단위로 불렀다.

"너, 경상도에서 왔다며?"

살던 곳을 '부산'으로만 생각하고 있던 나는 익숙지 않은 '경상도' 출신이 된 때문인지, 첫날부터 기가 좀 죽었다.

산수 시간이었다. 선생님이 다짜고짜 시험을 보겠다며 책을 다 집어넣으라고 하셨다. 전학 첫날의 '경상도 소녀'에겐 너무 가혹한 처사였다. 운 좋게 답을 유추해 볼 수 있는 과목도 아니고, 산수라니! 시험지를 받아들고 하마터면 울 뻔했다. 이제껏 해 본 적 없는, 분수에 분수 더하기.

열 문제 중에 앞 세 문제만 내가 '경상도'에서 배운 소수점 더하기였다. 그 세 문제를 풀고 남는 긴 시간 동안, 나는 서울 아이들이 쉼 없이 움직여 가는, 무정하기 짝이 없는 연필 소리만 듣고 있어야 했다. 그렇게 나는 턱이 목을 파고들 기세로 깊게 고개 숙인 채, 이름 모를 행성의 외계 문자로 보이는 분수 문제를 노려만 보고 있었다.

시간이 다 되어 시험지를 걷어 가고, 채점 후 점수 발표가 있었다. 선생님은 아이들을 한 명씩 교탁 앞으로 불러내 '친절히' 시험지를 나눠 주고, '더 친절히' 점수도 불러 주었다. 기적이 일어나 주지 않는 한, 내 점수는 100점 만점에 30점이 분명했다. 쥐구멍이 있으면 숨고 싶은 심정.

드디어 내 차례가 왔다. 선생님이 "이수정!" 하고 내 이름을 유난히 크게 불렀다. '30점'을 예견하고 있던 내 온몸은 달궈진

석쇠 위 오징어처럼 처참히 오그라들었다. 그런데 웬걸? 선생님의 입에서 점수가 나오지 않았다. 선생님은 내 시험지를 조용히 돌려주셨다. 아이들이 수군거렸다. 서울 아이들은 선생님이 점수를 생략할 이유는 '일등 아니면 꼴찌란 건데, 일등이라면 안 부를 리가 있나?' 하는 눈빛으로 일제히 날 쳐다보았다.

그날의 '30점'은 마음에 안 드는 문신처럼 들러붙어 나를 괴롭혔다. 공부를 곧잘 했던 내가 30점을 받아서가 아니었다. 내가 30점을 받았다는 사실이 비밀에 부쳐진 게 힘들었다. 차라리 공개적으로 꼴찌가 되는 편이 나았다. 그날의 이유 모를 '특혜' 때문에 나는 서울 아이들의 낯선 눈총을 견뎌야 했다.

나름의 궁여지책이었는지, 어느 국어 시간에 나는 부산에서 잘 그랬듯 손을 번쩍 들었다. 그리고는 선생님이 호명하자 벌떡 일어나 큰 소리로 책을 읽기 시작했다. 내가 책을 얼마나 또박또박 잘 읽는지 보여 주는 것으로, 이유 모를 특혜의 수혜자란 얼룩을 박박 지우고 새롭게 평가받고 싶었다. 나아가 '책을 이렇게 잘 읽으니 산수도 잘하겠지' 하고 생각해 주길 바랐던 것 같기도 하다. 결과는 정반대였다. 책 읽는 능력에 경탄의 눈길을 모아 줘야 할 아이들이 난데없이 킥킥거리기 시작한 것이다. 내 평생 그렇게 진심을 담아, 그렇게 열의를 담아, 한 글자 한 글자 공들여 책을 읽어 본 적이 없었건만….

사투리 때문이었다. 잘못 읽지도, 더듬거리지도 않았지만, 심한 경상도 사투리 억양 때문에 교실은 웃음바다가 되고 말았다. 심지어 선생님마저.

책을 읽다 말고 나는 얼굴이 용광로처럼 끓어올랐다. 온 다리에 힘이 풀리면서 풀썩, 주저앉듯 의자로 내리꽂혔다. 창피하고 부끄럽고 억울했다. 복잡한 심정을 굳이 하나로 품는다면 '슬픔'에 가까웠다. 그 슬픔은 많은 것들이 엉켜 만들어진 슬픔답게 몹시 크고 무거워서 열한 살 아이의 입을 닫게 하기 충분했다.

그 뒤로 나는 학교에서는 말을 거의 하지 않는 아이가 되었다. 손을 들어 자의로 뭘 발표하는 일은 당연히 없었고, 호명되어 하는 발표 때도 가급적 말수를 줄였다. 선생님께도, 아이들에게도 꼭 대답이 필요한 경우가 아니면 말을 하지 않았다. 고개를 젓거나 끄덕이는 걸로도 적당히 학교생활은 이어졌다. 지금과 달리 한 학급 학생 수가 일흔 명이 넘던 때니 나 하나 말을 하지 않는다고 문제 될 일은 없었다. 문제 될 일 없으니 부모님 귀에 들어갈 일도 없었다. 하긴, 집에서는 변함없이 수다스러 웠다. 집이야 경상도 사투리를 쓰는 게 자연스러우니 수다스럽지 않을 이유가 없었다. 둔하지 않은 머리였기에 산수 진도도 바로 따라잡았고, 성적도 상위권으로 올랐다. 나를 보고 킥킥대는 아이는 사라졌지만, 말을 거의 하지 않으니 친구가 없었다. 쉬는 시간이나 점심시간이면 홀로 빈 공책에 그림을 그리거나 집에서 가져온 동화책을 읽었다.

이듬해, 5학년으로 올라가 새 선생님과 새 아이들을 만났다. 짝꿍이 정해졌다. 짙게 쌍꺼풀진 눈답게 눈이 크고, 숱 많은 긴 머리를 두 갈래로 땋은 여자아이. 짝꿍이 되기 무섭게, 그 아이는 의자를 내 쪽으로 돌리고서 질문 공세를 퍼부었다.

"집은 어디니? 오빠나 언니나 동생은 있니? 취미는 뭐니? 어떤 음식을 제일 좋아하니?"

영락없이 '빨간 머리 앤'이 연상되는 아이. 고개 젓기나 끄덕임으로 대답할 수 없는 질문만 해대는 아이. 성가신 아이. 나는 대답 대신 딴짓을 하거나 화장실 가는 척 슬며시 자리를 뜨곤

했다. 딱히 갈 곳이 없어 운동장 구석, 그네로 가서 앉아 있었다. 그런데 '빨간 머리 앤'은 거기까지 날 쫓아왔다. 나 말고도 '빨간 머리 앤 놀이'를 할 상대가 많아 보이는 아이였는데—하긴, 인기 많은 아이라 더 피하고 싶었는지도 모르겠다—.

아, 나는 사십여 년 전 그 순간을 지금도 잊을 수 없다. 그 이후 내 삶에 지대한 영향을 미칠 사건이 열한 살 그때, 그 순간 일어났다. 그날을 두고 거창하게, '삶'이니 '사건'이니 운운하는데 나는 일말의 주저함이 없다. 그건 내 인생 일대의 사건, 맞다. 그 일이 아니었다면, 아니, 그 아이가 아니었다면 '사투리 소녀'는 입만 닫은 게 아니라 마음도 닫은 채 오랜 세월을 맥없이 살았을지 모르니까.

그네에 앉아 있는 내게 '빨간 머리 앤'이 공기처럼 가벼운 목소리로 물었다.

　　"너, 경상도에서 왔다며?"
　　"(끄응-)"
　　"너, 사투리 쓰겠다?"
　　"(끄응-)"

나는 그네에서 일어섰다. '머리를 끄집어 당기거나 한 대 치지 않은 걸 다행으로 알아라', 속으로 뇌까렸던 것 같다. 그런데 내 뒤통수에 대고 그 아이가 말했다. 아주 달뜬 목소리로….

"나, 경상도 사투리 좀 가르쳐 줘! 제발!"

그 뒤로 나와 '빨강 머리 앤(이하 '앤')'은 옆자리에만 앉은 게 아니라, 쉬는 시간, 하교 후에도 그림자처럼 붙어 다니는, 말 그대로 '짝꿍'이 되었다. 자기가 하는 말을 최대한 경상도 사투리로 바꿔 달라는 앤의 성화에 나는 기꺼이 일대일 사투리 강습을 해 주었고, 앤은 점점 늘어가는 자신의 경상도 사투리가 뿌듯해 손뼉을 치기도 했다. 그러는 동안 나는 앤에게서 나도 모르게 서울말을 배워 갔고….

앤의 집 뒤쪽 작은 별채는 우리의 아지트가 되었다. 그 방에서 우리는 책을 읽고 수다를 떨고 '까르르, 까르르' 소녀들만 낼 수 있는 웃음소리를 냈다.

어느 날, 나른한 오후를 견디다 못한 아이들이 '장기자랑' 제안을 하고 아이들보다 더 나른해 보이던 선생님이 허락했다. 한 명씩 앞으로 나와 노래를 하거나 엉덩이춤 같은 걸 추었다. 요들송을 그럴듯하게 부르는 아이도 있었다. 그 와중에 별안간 앤이 나를 가리키며 "수정이, 이야기 잘해요!" 했다.

'아니, 사투리 때문에 말도 잘 안 하는 내가 앞에 나가 이야기를 한다고? 그리고 '이야기하기'가 무슨, '장기' 축에 들기나 하는 거냐고?'

앤은 아지트에서 내가 들려주는 동화나 옛날이야기를 두고 한 말이었다.

'이런, 그거야 너한테나 잘하는 거지!'

쏟아지는 박수 소리에 졸지에 앞에 나간 나는 '서울말에 꽤 많이 가까워진 사투리'로 떠듬떠듬 이야기를 시작했다. '소공자' 아니면 '소공녀'의 줄거리였지 싶다. 그때 아이들의 반응은 잘 기억나지 않는다.

그로부터 두어 해 지나, 중학교 때 일은 운 좋게 기억난다. 교실 창에 드리워진 흰색 커튼이 감빛으로 물든 어느 여름날 오

후. 귀밑으로 가지런한 단발, 연푸른 셔츠와 데님 조끼 교복 차림의 한 여학생이 교탁 옆에 서 있다. 육십여 명의 다른 여학생들은 자리에 앉아 턱을 괴거나 두 손을 책상 위에 모은 채 한곳을 응시하고 있다. 앞에 선 여학생의 이야기를 듣는 중이다. 그 여학생이 손짓, 발짓 동원해서 이야기 속 인물인 양 꾸민 목소리로 들려주는 이야기는 고요한 교실 뒷벽에까지 닿는다. 수업 끝나는 종. 채 맺지 못한 이야기에 쏟아지는 아이들의 탄식 소리. 미혼의 여선생님이 교실을 나설 생각을 않고 이야기를 계속하라 한다. 여학생은 상기된 얼굴로 이야기의 끝을 향해 달린다. 다음 수업 선생님이 교실로 들어선 후에야 미혼의 여선생님은 출석부를 챙겨 교실을 나서며 다짐한다.

"애, 끝이 어떻게 되는지 나중에 알려줘."

다시 사십여 년 지난 지금, 나는 '이야기'를 다루는 사람이 되어 있다. 번역 작가로 다른 사람의 이야기를 옮기기도 하고, 소설이나 드라마 대본을 끼적이면서 이야기를 직접 만들기도 하고, 아예 이야기만 담는 '스토리 매거진'도 만들고 있다. 이러니 '이야기'를 빼고는 나를 이야기할 수 없을 정도다.

'이야기'가 무엇인가. 누군가에게 전하는 것이다. 그래서 누군가의 마음에 가서 닿는 것이다. 누군가의 마음에 가서 닿지 못하면 그저 '말'로 단명하고 마는 것. 나는 그게 이야기라고 생각한다. 그런데 나는 자칫 누군가의 마음은커녕, 내 마음의 문도 열지 못할 뻔했다. 그래서 자칫, 이야기를 하지 못하고 살 뻔했다. 어린 마음에 받은 작은 상처 때문에…. 물론, 그 후 또 다른 계기가 있어 '이야기'라는 내 평생의 업業으로 회귀하는 천운天運을 만났을 수는 있다. 그럴지도 모른다. 그러나 이건 분명하게 말할 수 있다. 그 아이가 있어, 그 일이 어렵지 않았노라고….

가족을 제외하고 생판 남으로 최초의 내 편이 되어 준 이를 꼽으라면 난 주저 없이 그 아이 '빨간 머리 앤'을 댈 수 있다. 앤은 지금 어디에서 어떻게 살고 있을까? 지금 딱 나만큼 나이를 먹었을 그 아이가 옆에 있다면 두 손 꼭 잡고 이 말을 하고 싶다. 아마 울지 않고는 못 배길 것 같다.

> "고마워, 그때 마침,
> 네가 내 편으로 와 주어서…."

새들도 제 이름을 부른다는데

내 이름을 내가 불러야 하는 때가 있다. 수련회나 단합대회 같은 곳에 가 보면 진행자가 그런 요구를 한다. 내 이름을 부르는 일은 처음 보는 옆 사람의 손을 잡는 것만큼 난감하다. 새들도 제 이름을 부르며 운다는데, 나는 어째서 내 이름을 부르면 그렇게도 어색하고 부끄럽기조차 한 건지 모르겠다.

"미정아!"
"철민아!"
"진영아!"

진행자가 시키는 대로, 목이 터져라 제 이름을 외치는 사람들을 보면 부러운 마음마저 든다. 내 이름을 부르는 게 어색해진 건 내 이름을 듣는 게 어색해지고부터인 것 같다. 학교를 졸업하고 사회인이 되면서부터…. '사회'란 단어에는 '이름'보다는 '직함'이 더 잘 어울리니까 말이다.

"미스 리, 이 기자, 이 대리님, 이 과장님, 이 선생님, 이 작가님, 이 편집장님, 이국장님…."

사회인이 되면서 개인이 옅어지고 개인이 옅어지면서 이름도 옅어졌다. 사회뿐 아니라 집에서도 내 이름은 설 자리가 없다.

"엄마, 여보, 당신…."

일상의 인간관계에서도 마찬가지다. 나보다 나이 어린 사람들은 '언니'라 부르고, 나보다 연배 높은 사람들이라도 "수정아." 하며 이름으로 부르지는 않는다. 굳이 이름을 부를 필요가 없는 경우가 대부분이고, 나이 오십을 넘고 보니 덜렁 이름만 부르면 무례하게 들리기도 할 테고….

내 이름을 이름 그대로 불러 주는 어머니, 아버지, 오빠, 그리고 어린 시절 친구들은 죄다 한국에 있다. 그들과 뚝 떨어져 미국에서 근 이십 년째 살고 있으니 "수정아." 하고 내 이름을 들을 기회는 정말 없다.

수정 다방, 수정 목욕탕, 수정 당구장 등, 소박한 동네 골목 간판에서 하나쯤은 보일 법한 '수정'이지만, 내 이름은 '빼어나게 秀 곧다貞'는 참한 뜻을 가지고 있다. 1967년 7월 20일 오전 7시 무렵, 부산 전포동의 한 작고 소박한 집에서 태어난 여자아이에게 붙여진, 세상에서 단 하나뿐인 이름이다 ─아들이 아니라서 태어나 한 달 만에야 받긴 했지만─.

이수정. 나직이 입 안에서 중얼거려 본다. 중얼거리기만 하는데도 수줍지만, 이젠 가끔 내 이름을 불러주고 싶다.

누가 뭐래도, '이수정'은
세상에서 제일 가까운 내 편이니까.

누군가에게, 나는

나는 자타가 공인하는 기계치다. 부품이 두 가지 이상 들어간 물건이면 그 몸체가 무엇이건 내게는 무조건 '기계'다. 나는 작동이 잘 안되면 좌절하거나, 껐다 켜는 것 외에는 기계 다루는 법을 잘 모른다.

컴퓨터로 글을 쓰기 시작하던 무렵. 컴퓨터에 쓴 글을 프린터가 곧장 뽑아내는 게 마냥 신기하던 시절. 기계치답게, 나는 원하는 페이지만 골라서 출력하는 법을 '당연히' 몰랐다. 필요한 부분이 있을 때는 문서 전체를 출력하는, 쓸데없는 인내심과 부지런함을 발휘했다. 부분 출력이란 '신기술'을 가르쳐 준 이는, 고장 난 프린터를 고쳐 주러 집에 들른 남편의 대학원 여자 동기였다.

요즘도 나는 부분 출력을 할 때면 정말 자주 그녀가 떠오른다. 내 의지가 아니다. 그냥 떠오른다. 다음에는 생각 안 해야지…, 일기 쓰는 아이처럼 굳게 다짐해 보는 때도 있다. 그러면 또 그 다짐이 화근이 된다. 뭔가 다짐을 했다는 게 표식이 되고, 그 표식은 다시 기억의 근거가 되어 '이 사람이 부분 출력을 가르쳐 줬지?' 하며 그녀를 떠오르게 한다. 이십여 년 전, 많아야 두어 번 만난 사람인데, 이름까지 선명히─워낙 이름이 독특하기도 하지만─.

오늘도 부분 출력을 하며 그녀를 떠올렸다. 뭐, 이젠 대놓고 그걸 소재로 글까지 쓰고 있으니, 그녀를 잊긴 애초에 글렀다. 그렇다고 내가 그녀에게서 친절한 강습을 받은 것도 아니었다. 부분 출력이란 '첨단' 기술을 목격한 후, 뒤로 자빠지게 놀란 내가 한 번만 더 해 보라 부탁했고, 원하는 부분의 첫 페이지와 마지막 페이지 숫자, 그 두 숫자 사이에 '하이픈(-)'을 넣어 출력해 보인 게 전부다. 그것도 학교 가야 한다며 조금 성가시다는 표정으로. 그런데 20년이 다 되도록 부분 출력을 할 때마다 큰 덕 입은 은사 모시듯 그녀를 떠올리고 있으니, 솔직히 조금 억울한 생각도 든다.

그녀 입장에서 생각해 보았다. 이십여 년 전 잠깐 스친, 이름도 기억 못 할 누군가가 꽤 자주 하는 일상적인 활동에서 숱하게 '나'를 떠올린다면? 부지불식간에 한 아주 사소한 행동을 기억한다면?

으. 갑자기 등에서 진한 땀이 배어난다. 오십 평생 살아오면서 생각지도 알지도 못하는 사이에 흘린 내 사소한 말, 사소한 행동들은 과연 얼마나 안전할지…. 혹, 누군가의 뇌리에 불쾌한 부적처럼 들러붙어 어느 부정적인 시공간을 떠돌고 있지는 않을지….

내가 부분 출력을 할 때 숱하게 떠올리는 그녀의 잔상처럼, 나도 누군가에게 '스승' 비슷한 거로 남으면 좋을 텐데….

어째, 자신은 없다. 쩝.

쓰레기통 자리

부엌 쓰레기통의 자리를 옮겼다. 냉장고 옆에 두었던 걸 싱크대 옆으로 가져와서 붙였다. 멀지도 않다. 겨우 두 발짝. 그런데 쓰레기가 나오면 자꾸 냉장고 옆으로 간다. 일단 가서, 쓰레기통이 없는 걸 깨닫고 난 다음에야 싱크대 옆에 무안히 서 있는 쓰레기통을 본다. 한두 번이 아니다. 옮긴 지 보름이나 지났는데 아직 그렇다. 냉장고 옆이 아니라 싱크대 옆으로 가라고, 머리가 내리는 명령을 채 받들기 전에 몸에 밴 습관이 먼저 반응하는 탓일 거다.

그깟 쓰레기통 자리 하나 바꾼 사소한 '변화'에 이렇게 긴 적응 시간이 필요한데, 오십여 년 살아오면서 내 속에 철근처럼 박힌 무수한 생각들의 자리는 어쩔까. 편견, 선입견, 추정, 억측,

단정, 의심 같은 바람직하지 못한 생각들…. '사람'을 놓고 소소하지만 선명하게 파는 도랑 같은 생각들….

번번이 헛짚기 귀찮아서 쓰레기통을 원래 자리로 되돌릴까도 했지만, 그러지 않기로 했다. 그리고 쓰레기통 자리를 옮겼듯, 앞으로는 내 생각의 자리들도 좀 옮겨 보기로 했다. 내 안에서 깊이 뿌리박고 요지부동 가부좌 튼 생각들을 조금씩이라도 말이다. 물론, 생각의 자리들을 옮겨 봐도 내 마음은 습관처럼 먼저 자리로 발길을 돌리겠지. 갔다가 "어, 여기가 아니네." 해 놓고 언제 그랬냐는 듯 또 가겠지. 그러고 또 가고 또 가겠지.

그렇다 해도 옮겨 볼 생각이다. 옮기는 데 실패하는 한이 있더라도, 옮겼는데 예전 자리를 자꾸 찾아드는 한이 있더라도 해 볼 생각이다.

그런 생각을 한 자체로
생각 옮기기의 반은 해낸 것 같아서
말이다.

날고 싶은 종이학

그녀는 손재주가 탁월한, '금손'이다. 그녀가 앉았다 일어난 자리에는 여지없이 꼬물꼬물, 무언가 만들어져 있다. 버린 껌 종이가 종이학이 되어 있고, 노란색 냅킨이 나비가 되어 있고, 메모지가 손지갑이 되어 있다. 그 좋은 재능을 왜 입때껏 썩히고 있냐 하니, 어린 시절 '그 선생님'만 아니면 뭐가 되어도 크게 되었을 거라고 아리게 웃는다.

중학교 때 그 선생님은 그녀가 뭘 해도 못한다고 구박을 하더란다. 구박하는 이유를 도무지 알 수가 없어 답답하다가, 답답함은 억울함으로, 설움으로 이어지더니 종국에는 열등감이 되더라고…. 그 이후로 그녀는 '나는 뭘 해도 못해'라며 자기 폄하를 하는 게 익숙해져 버렸단다.

"익숙해진 걸 넘어 오히려 편해졌어요. 난 뭘 해도 아예 못 한다고 생각하는 쪽이 차라리 마음 편해요."

손님들이 모두 돌아가고 우리 집 식탁 위에 그녀가 남기고 간 종이학을 집어 들었다. 그 종이학은 한 번도 본 적 없는 외양을 하고 있었다. 껌 종이 은박지 쪽을 목 주변에 덧대 마치 찬란한 갈기가 돋은 것 같은 모양. 한동안 그 종이학은 내 서재 책꽂이 위에서 찬란한 은빛 목을 드리우고 있었다. 우리 집에서 제일 높은 곳에서, 금세라도 날개를 퍼덕여 날아오를 기세로….

안타깝게도 그녀는 세상이 다 아는 사실을 본인만 모르고 있는 듯했다. 자신이 얼마나 남다른 손재주를 가졌는지 말이다. 종이학을 날릴 수 있는 사람은 그 선생이 아니라 그녀 자신일 텐데….

부디, 그녀가 학처럼 찬란한 은빛 목을 드리우고, 드넓은 창공을 훨훨 날 수 있기를….

허락된 수심水深

나는 수영을 할 줄 모른다. 어렸을 때 물에 빠져 죽을 뻔한 트라우마도 없는데 나는 물이 너무 무섭다. 수영장 물이건 바닷물이건, 수심이 깊어지면서 짙어지는 물빛도 그런 공포를 부채질한다. 그래서 나는 세상 어느 곳의 물이든, 내가 섰을 때 가슴께 이상 깊이로는 들어가지 않는다. 어쩌다, 가슴께를 넘는 수심에 유혹될 때는, 절대로 물에 가라앉을 수 없는 부유 기구가 확보될 때다.

가족 여행으로 간 리조트에 실내 수영장이 있었다. 봉같이 생긴 길쭉한 부유 기구가 벽 쪽에 몇 개 걸려 있었다. 나는 양쪽 겨드랑이 밑에 그걸 하나씩 꿰차고 물속으로 들어갔다. 그리고는 가슴께를 훨씬 넘어 내 키 두 배는 되는 수심을 향해 야심 차게 이동해 갔다. 아무도 없는 거대한 수영장 안에 내 발등이 수면을 때리는 소리가 대형 스피커를 통하듯 확대되어 들렸다. 겨드랑이가 아플 정도로 부유 기구를 힘주어 끼고 있는 이상, 나는 곧 무사히 '심해' 저쪽 끝에 가 닿을 참이었다.

찰박찰박, 호흡과 발놀림을 규칙적으로 유지하려 속으로 구령까지 붙이며 나아가다가 그만, 난관에 맞닥뜨렸다. 어느 지점에서 갑자기 몸의 균형을 잃고 허우적대기 시작한 것이다. 그 바람에 겨드랑이에 끼고 있던 부유 기구가 헐거워졌다. 한쪽이 헐거워지니 그걸 제대로 품느라 힘이 쏠렸고 그 바람에 또 다른 쪽이 느슨해졌다. 그러는 사이 몸은 중심을 잃고 기우뚱, 기우뚱…. 부유 기구가 빠진 것도 아니고 겨드랑이에서 좀 느슨해진 것뿐인데, 나는 금세라도 죽을 것처럼 버둥거렸다.

수영장에는 아무도 없었고, 팔을 세 번 정도 뻗으면 닿는 곳에 물 밖으로 나가는 계단이 있었다. 내게는 그 거리가 삼만 리 같았다. 계단을 향해 죽기 살기로 전진했다. 그간 착실히 유지해 오던 구령 따윈 대번에 무너졌다. 계단에 손이 닿자 한달음에 기어올라 물에서 빠져나온 나는, 큰 대자로 뻗어 버렸다. 가슴은 요동치고 온몸이 전기 오른 듯 후들거렸다. 말하기 창피하지만, 나는 익사 직전에 구출된 심정이었다. 한참 만에야 겨우 눈을 뜨고 허우적대던 지점을 눈으로 짚어 보았다. 그럴만한 이유가 있었다. 하필, 그 지점이었던 이유가.

그 지점을 지나쳐서 더 가면 물에서 나오기 위해서는 계단 쪽으로 역주행해야만 하는 곳. 계속 가다가 몸이 기우뚱하거나 발에 쥐가 나기라도 하면 방향을 꺾어야 할 텐데, 그랬다가는 필시 균형을 잃을 게 뻔한 지점. 나는 거기서 더 가면 죽을 수도 있다고 생각한 것이다. 그러니까 내가 균형을 잃은 것은 몸의 문제가 아니라 생각의 문제였다. 여기부터는 '나가는 계단이 없다'는 생각 말이다. 그 계단이 아예 없었다면 어땠을까? 나는 물의 흐름에 착실히 박자를 맞추며 끝까지 갔을까? 아니면, 겁나서 처음부터 아예 시도조차 안 했을까?

내 목숨을 보장해 주는 안전지대. 안전해서 안심되는 곳. 그러나 이 안전지대로 인해 나는 늘 같은 자리인지도 모르겠다. 그 지점을 벗어난 '수심'은 평생 경험해 보지 못하고 말이다.

안전지대 너머로 언젠간 꼭 가 봐야지.
난 오늘 또 결심만 한다.

마음의 시력

딸아이 대학 지원에 필요한 서류를 보내는 걸 깜박 잊었다. 날
짜를 보니 마감일 3일 전. 전날 저녁부터 대설주의보가 내린
차갑고 매서운 거리로 허겁지겁 차를 몰고 나갔다. 알맹이가
느껴질 정도로 단단한 눈이 센 바람에 밀려 사선으로 빗겨 내
리고 있었다.

악재는 겹친다고, 하필 우체국이 평소보다 일찍 닫는 토요일.
그날따라 줄도 길었다. 내 앞에서 문이 닫힐까 봐 사람들 손에
들린 봉투며 소포 꾸러미의 양을 가늠해 가며 시계를 들여다
봤다. 다행히 문 닫기 직전 내 차례가 되었다. 월요일까지는 서
류가 꼭 배달되어야 한다는 다짐을 서너 번하고, 역시 서너 번
의 확답을 받은 뒤에야 안심을 했다.

우체국 밖으로 나오니, 눈은 큼지막한 우박으로 바뀌고 바람은 더 거세져 있었다. 내 양손에는 우산, 손가방, 좀 전에 우체국에서 받은 긴 영수증, 미처 닫지 못한 지갑이 어수선하게 들려 있었다. 차를 세워 둔 쪽으로 가면서 손가락 두 개로 겨우 외투 주머니 속 열쇠를 더듬었다. 손가락 끝에 열쇠가 짚이자 문 열림 버튼을 눌렀다. 우박이며 바람을 피하느라 고개를 깊이 숙여 앞이 제대로 분간되지 않았다. 내 차가 있으리라 짐작되는 곳에서 '재깍' 하고 잠김 장치가 해제되는 소리가 들렸다. 실눈으로 보니 서너 발짝 앞에서 내 차 앞모양이 잡혔다. 나는 잰걸음으로 다가들어 차 문을 열었다.

자동차에 몸을 들이기 무섭게, 양손을 부담스럽게 차지하고 있던 물건들부터 조수석으로 던졌다. 그리고는 거센 바람을 받아 철근같이 무거워진 차 문을 힘주어 닫았다. 휴, 홀가분한 한숨. 제아무리 폭설주의보가 내린들 나는 임무를 완수했고, 아늑한 차 안에 앉았다.

콧노래까지 흥얼거리며 열쇠를 구멍에 꽂아 넣는데, 어라? 열쇠가 들어가지 않았다. 다른 열쇠인가? 얼른 열쇠 꾸러미를 확인했다. 내 차 열쇠가 분명했다. 그렇다면….

순간, 기겁해서 붉어졌을 내 두 눈에 좀 전과 완전히 다른 세상
이 펼쳐졌다. 닳아서 희끄무레 벗겨진 시트 가장자리, 앞유리
에는 작동되다 멈춰 있는 와이퍼, 사각지대까지 품는 큰 옆 거
울, 조수석에 놓인 목장갑 한 켤레….

'앗, 이건 내 차가 아니다!'

그곳을 '낯설다'고 인식하는 순간, 닳은 시트만큼의 시간 동안
그곳에 쌓였을 낯모른 체취가 그제야 코를 엄습했다. 너무 놀
라 숨을 쉴 수도 없었다. 아무것도 할 수 없어 잠깐 동안 나는
그렇게, 남의 차 안에 정지된 자세로 앉아 있었다. 누군가 내
뒤통수를 세게 친 듯, 어느 순간 정신을 차린 나는 후다닥 차에
서 뛰어내렸다.

다시, 쏟아지는 우박과 몰아치는 바람 속에 섰다. 뒷목에 총알
처럼 꽂히는 우박은 등줄기를 얼릴 것 같았고, 얼굴을 때리는
바람은 몽둥이 같았다. 우박과 바람을 뚫고 차 유리창 너머 내
부가 보였다. 외계처럼 낯설고 두려운 그 안에 놓인 내 물건들.
조수석 위에 던졌던 우산, 손가방, 지갑, 영수증…. 이 노릇을
어쩐다. 남의 차가 명백해진 저 차 문을 열었다가는, 천 년간

진공상태를 떠돌던 우주 괴물이 경찰 곤봉을 휘두르며 덮쳐 올 것만 같았다. 하지만 그 물건들을 그대로 두고 갈 수는 없었다. 영수증에는 우편물 발신자, 즉 딸아이 이름과 우리 집 주소가 선명하게 박혀 있기도 했고…. 나는 조수석 쪽으로 걸어가서 심호흡을 두 번 하고 차 문을 열었다. 말 그대로 빛의 속도로 내 것들을 챙긴 뒤, 한 차 건너 세워져 있던 '진짜' 내 차 안으로 다이빙하듯 몸을 던졌다.

딸아이가 올해 대학을 졸업했으니 4년 전 일이다. 하지만 지금도 그 일을 생각하면 심장 박동이 조금 빨라진다. 그때 맞았던 우박의 한기가 등줄기에서 새삼 느껴져 오싹해지기도 한다. 그때, 우체국에서 나오는 순간부터 누군가 날 봤다면? 열악한 시계視界에, 그 목격자가 시력까지 나쁘다면? 영락없이 나는, 깜빡 잊고 문을 안 잠근 남의 차에 은근슬쩍 올라탄 도둑으로 비쳤을 것이다. 생각해 보라. 외관이 아무리 비슷해도 내부가 그렇게 다른 차를 내 차로 오해하고 시동까지 켜려 했다는 말이 쉽게 곧이들릴 수 있을까?

그런데 그보다 더 날 긴장하게 하는 생각이 있다. 그날, 나는 대체 뭘 보았던 걸까? 문 열림 버튼에 '재깍' 하고 차가 반응하는 소리만 믿고, 같은 색, 같은 차종이라도 분명 남의 차인 그 차를 내 차로 만들어 버렸다. 거기에 잠그지 않은 차 문. 내 믿음은 확신으로 굳어졌다. 확신하자 나는 눈이 멀었다. 나는 분명 눈을 뜨고 있었고, 차에 타서 낯선 공간, 낯선 물건들을 두 눈으로 똑똑히 '보았'는데도 몰랐다. 그게 타인의 것임을….

열쇠가 맞아 들어가지 않게 되어서야 내 눈은 잘못된 믿음에서 놓여났다. '내 차'라고 믿었을 때는 그리도 아늑하고 익숙하던 공간이 생면부지로 낯설어지는 데는 채 일 초도 걸리지 않았다. 내 눈은 마음이 보는 것만 보았던 것이다.

내 몸 하나 편케 뻗지 못하는 그 협소한 차 안에서도 그럴진대, 광활한 무량세계無量世界에서 과연 나는 이런 믿지 못할 눈으로 무엇을 '보고' 있을까? 혹시, 내 마음은 지금도 그날처럼 그릇된 믿음으로 내 눈을 오도誤導하고 있지는 않을까? 본 것을 못 보았다 하든, 혹은 전혀 다른 것으로 보고 있지는 않나….

어쩌면 눈이 마음의 창窓이 아니라 그 반대인지도 모르겠다. 마음이 눈의 창인지도 모르겠다. 눈은, 스스로 보는 게 아니라 마음이 보는 것을 보니까 말이다.

아무래도 내 마음의 창에 먼지나 얼룩이 묻지 않도록 잘 닦아서 마음의 시력을 키워야겠다. 내 눈이 누군가의 진심 어린 감사의 선물을 흑심 담긴 뇌물로, 따뜻하게 잡아 주는 손을 의뭉스러운 마수魔手로, 공감의 눈물을 비굴한 공루空淚로 왜곡해 보지 않도록 말이다.

어느새 반백 년을 쓴 내 육신의 눈은 먼 곳도 모자라 코앞마저 흐릿하게 감지하기 시작했지만,

내 마음의 시력만큼은 꿋꿋이,
꿋꿋이 2.0을 유지해 주길⋯.

혼잣말

소설을 읽다 만났고, 읽고 또 읽다 그것도 모자라 메모하고, 그 것도 모자라 외워 버린 구절이 있다.

"말하는 사람은 자기가 한 말을 듣기도 하는 사람이다. 어 떤 점에서는 누구보다 잘 듣고 가장 잘 듣는 사람이다. 말 하는 사람의 의중을 말하는 사람보다 더 잘 아는 사람은 없 다."

– 이승우의《모르는 사람들》중에서

'말'은 다른 사람 들으라고 하는 건 줄 알았다. 그런데 내가 한 말을 가장 먼저 듣는 사람도 나고, 일말의 오해 없이 정확하게 듣는 사람도 바로 나···. 보통 공감 가는 게 아니었다.

'내가 한 말을 가장 먼저 듣는 사람이 나'라는 대목은 특히 속상할 때 하는 말을 염두에 둔 것 같기도 했다. 그것도 우리, 여자들이 속상할 때 하는 말. 속상한 일이 있어 내가 말하면 남편은 얼마간은 들어준다. 하지만 얼마 못 가서 "그래서 나더러 어쩌라는 거야?"라고 정색하기 일쑤다. 여자들은 다 알겠지만, 이럴 때는 뭘 어째 달라고 말하는 게 아니다. 뭘 얻겠다는 목적 없이, 그냥 말한다. 이런 우리 여자들을 두고 남자들은 그럴지도 모른다.

    "그럼, 그냥 혼잣말하세요."

어? 그러고 보니, 난 혼잣말을 잘한다. 같은 여자인 우리 엄마도 그랬다. 결혼 전 엄마와 살던 시절, 간혹 부엌에서, 화장실에서, 앞마당에서 들려오던 엄마의 비명 소리. 놀라서 달려가 물으면 돌아오는 대답은 허망하게도, "아무것도 아냐. 혼잣말한 거야."였다. 멀리서도 다 들리게 외마디 큰소리를 내놓고, 엄마는 아무것도 아니라 했다. 엄마도 혼잣말을 했던 거였다. 그때 어이없어 고개를 설레설레하던 내가 지금 그러고 있다.

이유가 있다. 여자들은 매일, 같은 공간에서, 같은 자세로, 단조

롭게 반복되면서도 상당 시간을 요하는 단순 노동을 많이 한다. 밥하기, 설거지, 빨래하기, 빨래 개키기 등, 머리보다는 손을 주로 쓰는 일들 말이다. 손이 다 하니 한가한 머리는 생각에 내주기 십상이다. 그러다 보면 고민되고 걱정되는 일의 단초가 된 일이나 인물도 떠오르고, 이런저런 나름의 자구책도 줄을 잇는다. 여자들은, 그러다 슬슬 말을 하기 시작한다. 혼잣말을…. 아무도 없는데, 혹은 누가 있어도 듣거나 말거나….

우리 엄마가, 지금은 내가, 또 다른 여자들이 왜 그렇게 혼잣말을 하는지 알 것 같다. 여자들은 이승우 소설가가 한 말처럼 '어떤 점에서는 누구보다 잘 듣고 가장 잘 듣는 사람'에게 말하고 싶었던 거다. 바로, 자기 자신 말이다.

내가 하는 말을 누구보다 잘 듣고, 가장 잘 듣는 내게 나는 지금도 숱한 말을 한다. 입 밖으로 내서 하는 말도 있지만, 입 밖으로 꺼내지 않는 말도 많이 한다. 고로, 나는 내가 입 밖으로 꺼낸 말을 가장 먼저 듣는 사람이자 입 밖으로 꺼내지 않는 말을 듣는 유일한 사람이다.

나는 정말, 이 정도로 가까운 내 편이다.

06

그
리
고
또,

내

편

노력 없이 얻는 소중한 것들을
너무 가볍게 여기고 있지는 않은가?

_ 토머스 페인

시간

나는 시간입니다.

제발 부탁이니,
날 쫓아오기만 하지 말고
날 앞서려고만 하지 말고
내게 시간을 주세요.

내가 당신을 위해 일할 수 있도록
부디, 내게 시간을 주세요.

내게 시간만 주시면,
난 무조건 당신 편입니다.

책 장수

우리 엄마는 소위 '가방끈'이 길지 않다. 안타깝게도, 여자가 배워서 뭣에 쓰냐는 시대의 희생자였다. 근심 끝에 엄마는 자식 교육만큼은 남에게 의지하기로 했다. 그 사람은 뜻밖에도, 많이 배우거나 돈 많은 사람이 아니었다. 책을 파는 책 장수였다. 우리 어렸을 적, 등에 책 보따리를 이고 지고 가가호호 책을 팔러 다니던 책 방문 외판원 말이다. 우리 집에 오던 책 장수 아저씨는 찌는 여름날에도 긴 소매 양복을 입고 다녔다. 어깨에 짊어진 무거운 책 보따리 끈 때문에, 갖춰 입는다고 입었을 양복은 모양 빠지게 일그러져 있곤 했다.

책 장수 아저씨가 우리 집 마룻바닥에 책 광고지를 병풍처럼 쫙 늘어놓으면 그 속에서 갖가지 전집이 파노라마 영화처럼 펼쳐졌다. 큰 침 한 번 삼킨 뒤 만담가처럼 설명을 쏟아 내던 아저씨의 목소리가 갈라지기 시작하고, 고만고만한 우리 삼 남매가 슬슬 몸부림을 치기 시작할 즈음, 엄마는 이 한마디로 상황을 종료시켰다.

"그냥 야들한테 알마치만한('알맞은'이란 의미의 경상도 사투리) 걸로 아자씨가 알아서 주고 가이소"

'진즉 그리 말씀하시지'란 표정을 노골적으로 지으며 책 장수 아저씨는 알아서 '알마치만한' 전집을 골라 신속 배달을 약속했고, 엄마는 한달음에 지갑을 들고 나왔다. 책 장수 아저씨는 엄마에게서 받아 든 돈을 엄지손가락에 침을 뿌려 가며 세고 또 세며 말했다.

"제가 자신 있게 말씀드리는데요, 앞으로 제가 갖다 드리는 책만 다 읽으면 얘들, 나중에 훌륭한 사람 되는 거 보장합니다!"

아저씨가 뿌듯한 표정으로 돌아간 뒤, 엄마는 더 뿌듯한 표정으로 우리를 굽어보며 이랬다.

"다 들었제? 이거 다 읽으몬 느그들 낭중에 훌륭한 사람 된
다 안 카나."

눈앞에서 벌어지고 있는 그 모든 일의 의미를 제대로 간파하
긴 조금 벅찬, 고만고만한 우리 삼 남매는 눈만 끔벅였고, 그런
우리를 둘러보며 엄마는 또 이랬다.

"난 저 아자씨 말 믿는데이. 서울 사람들, 다 거짓말한다 캐
도, 책을 파는 책 장수는 거짓말 안한데이. 나는 그래 믿는
기라."

그 뒤로 책 장수 아저씨는 더 자주 우리 집을 찾았고, 서울 변
두리, 우리 집 공부방 책장은 주황색 표지의 계몽사 소년소녀
세계문학전집을 시작으로 노란색 표지의 계림문고 전집, 한자
가 섞인 삼성당 세계문학전집, 또 그 어느 사이에 모 출판사의
컬러대백과 사전과 한국위인전집, 세계위인전기로 채워져 갔
다.

우리 삼 남매를 나중에 훌륭한 사람으로 만들어 준다고 엄마
가 믿어 의심치 않는 그 책들을 한 권 한 권 읽어 가면서 나는

다리가 길어지고, 봉긋하니 가슴이 솟고, 등이 자랐다. 계몽사 소년소녀 세계명작전집을 열 번 정도 읽고, 삼성당 세계문학 전집을 읽기 시작했을 즈음, 내가 교내 백일장 대회에 입상해 상장을 받아 왔다. 그 상장을 받아들고 엄마는 세상 다 가진 사람의 얼굴을 하고서 이랬다.

"내 말이 맞제? 책 장수는 거짓말 안한다카이."

그 후로 몇 년 사이, 책 장수 아저씨의 발길은 뜸해졌고, 우리 집 책장은 책 장수 아저씨에게서 사는 이야기책 대신 서점에서 산 참고서가 들어찼다. 책 장수 아저씨에게서 들여놓은 전집들은 죄 다락에서 먼지만 먹다가 우리 삼 남매가 더 이상 고만고만하지 않고 덩치가 커져 조금 더 큰 집으로 이사할 무렵, 우리 집에서 아예 자취를 감추었다.

세월이 흘러 지금, 엄마가 그리도 걱정하던 우리 삼 남매의 '훗날'은 과거가 되었다. 안타깝게도, 난 책 장수 아저씨가 책더미를 앞에 놓고 장담했던 '훌륭한 사람'은 못 되었다. 그저, 글 쓰고 글을 묶어 만드는 일을 꾸준히 하고 있다. 몇 해 전, 재외동포 문학상 단편소설 부문에서 우수상을 받았다. 중학교 때 백일장에서 상 받은 이후로 몇십 년 만의 일이다. 한국에 계신 엄마에게 소식을 알리자 엄마가 울컥한 목소리로 이랬다.

"내 말이 맞제? 책 장수는 거짓말 안한다카이."

얼마나 다행인지 모른다. 우리 엄마가, '고작' 글 쓰는 일을 '훌륭하다'고 생각해 주니 말이다. 고만고만하던 삼 남매가 이젠 중년이 되어 하루하루 큰 탈 없이 넘어가는 것만으로 다행인, 평범하기 짝이 없는 삶들을 훌륭하다고 여겨 주니 말이다.

그 시절, 배움이 깊지 못했던 우리 엄마에게 '책만 읽으면 된다'고, 선뜻 믿기 어려운 약속으로나마 자식들의 훗날을 장담해 준 책 장수 아저씨는 그 어떤 멘토보다 든든했을 '내 편'이었던 셈이다.

흔적

친정엄마가 왔다 가셨는데, 계시는 동안 말다툼을 원 없이 했다는 지인이 있었다. 오랜만에 보는 친정엄마라 반가울 줄만 알았는데 어쩜 그리 잔소리가 많고 생각이 다른지, 어느 시점에서는 차라리 그만, 한국으로 가셨으면 싶기도 하더란다.

그러다 '드디어' 어머니가 떠나실 때가 되어 공항에 배웅하고 돌아왔는데, 어머니가 지내던 방 청소를 하다가 뭔가를 발견하고 그만 주저앉아 엉엉 울었다고. 별것도 아니었다. 친정엄마가 쓰고 남긴 미국 동전 한 움큼. 자기가 왜 동전 같은 것에 눈물을 뿌리며 이러고 있는지 영문을 모르겠더란다.

뭐긴, '내 편'의 흔적이니 그렇지.

집

15년 살던 집을 팔고 이사 가게 되었다. 이 집에서 저스틴을 낳았고, 이 집에서 지영이는 아이에서 어른이 되었다. 방도 더 많고, 더 큰 집으로 옮겨가니 새집에 대한 기대감에 부풀 줄 알았는데 웬걸? 떠나는 서운함이 이리 클 줄이야….

이 집에 살면서 우리 가족에게 일어났던 즐겁고 슬프고 기쁘고 속상했던 무수한 일들, 이야기들이 이 집을 떠나면 우리 것이 아닌 게 될 것만 같았다. 그 모든 것들이 우리가 이 집에 사는 동안은 건재한데, 우리가 이 집을 떠나면 죽어 소멸할 듯 여겨졌다. 아니, 아예 없었던 일이 돼 버릴 것만 같았다. 더구나 다음 사람이 멀쩡한 이 집을 허물고 새집을 짓는다 하니, 얼토당토않게 억울함마저 들었다.

정든 집과 작별할 일을 서운해하자, 한국에서 오신 친정엄마가 이야기를 하나 들려주었다. 지금 엄마가 살고 있는 집의 옛 주인은 사업하다 빚을 지는 바람에 집을 팔게 되었단다. 엄마가 열쇠를 받으러 가니, 옛 주인이 집을 빙 둘러보며 "잘 있으라, 참 고마웠다." 되뇌더란다. 집 앞뜰에 선 높은 닥나무에 절도 하더라고…. 빚더미에 올라 막막한 심정으로 나서면서, 뭐가 고마워 나무에 대고 절까지 했을까? 그 속내야 엄마도, 나도 알 수 없는 일이다.

그러고 보니, '옛집'이 되려 하는 이 집에도 그런 옛 주인이 있었다. 이사 들어오고 삼사 년쯤 됐을까? 아이를 학교 보내고 늦은 아침을 먹으려는데 초인종이 울렸다. 조금 귀찮은 마음으로 나가 보니 사십 대로 보이는 백인 남자가 멋쩍은 표정을 하고 서 있었다. 옷차림이나 태도가 특정 종교나 기부를 강요하려는 분위기는 아니었다. 남자의 등 저쪽으로 만삭의 아내도 함께 있었다.

남자는 이 집에서 어린 시절을 보내고 멀리 이사 갔는데, 마침 근처에 오게 되어 그냥 지나칠 수가 없었노라 사정을 털어놓았다. 실례인 줄 알지만 뒤뜰을 좀 보고 갈 수 없냐고 물었다.

나는 흔쾌히 부부를 뒤뜰로 안내했다. 둘러보는 남자의 눈이 금세 붉어졌다. 아내가 남자의 손을 잡고 어깨를 쓰다듬어 주었다. 남자는 아버지가 만들어 준 수영장이 있던 자리라며 뒤뜰 가운데로 갔다. 중간에 살던 또 다른 집주인이 없앴는지, 수영장은 자취도 없이 사라지고 잔디로 덮인 채였지만, 남자는 그 자리에 한참을 서 있었다. 얼마 전 세상을 떠났다는 아버지, 깔깔거리며 물장구치던 어린 형제들이 보이기라도 하듯, 남자는 아련한 미소를 짓고 있었다.

나는 부부를 집 안으로도 이끌었다. 거푸 고맙다며 인사하던 남자가 거실 한구석을 가리키더니 '아버지가 첫 손자를 위해 그네를 매달아 준 곳'이라며 흥분했다. 거실, 2층 방, 욕실을 젖은 눈으로 다 돌아보고 나서 남자는 만삭의 아내와 돌아갔다. 그 남자가 우리 집에 와서 떠날 때까지 제일 많이 한 말은 "땡큐Thank you!"였다.

이젠 내가 그 집을 떠나는 날이 되었다. 모든 짐이 나가고 작별 인사차 천천히 집을 둘러보기로 했다. 잠자는 시간 외에 가장 많은 시간을 보낸 서재에 들어가 섰다. 책상과 책장이 모두 사라진 공간은 이전과 사뭇 달라 보였다. 아, 저렇게 작았던가?

내 더운 숨과 체취가 어느 곳보다 두텁게 배어 있을 그곳에 서니 눈가가 뜨거워졌다.

2층으로 올라가서는 복도에서 창밖으로 아래를 내려다보았다. 저스틴이 동네 아이들을 죄 불러와 행복한 비명을 질러 대며 뛰놀던 트램펄린 자리엔 거기만 허옇게 잔디가 벗겨져 있었다. 흔적도 없는 수영장 자리에 서 있던 남자처럼, 나도 한참 동안 그 빈자리를 쳐다봤다. 지금보다 더 어렸을 때의 저스틴 모습과 한창 뛰놀던 시절의 동네 아이들 모습이 보였다. 트램펄린에서 펄쩍펄쩍 날아오르며 초록 수풀 사이로 터뜨리던 아이들의 웃음소리도 들려 왔다. 나도 별수 없었다. 옛 주인이 그랬듯, 고맙습니다, 할 수밖에….

친정엄마에게도 그런 집이 있다. 내가 열 살 무렵, 부산에 살던 우리 가족은 아는 사람 거의 없는 서울로 이사 왔다. 서울 집은 아래층에 작은 가게가 둘 딸린, 소박한 양옥집이었다. 가게는 세를 놓고, 엄마가 발바닥 안 보이게 뛰어다닌 덕에 가계는 조금씩 여유를 얻어 갔다. 우리 삼 남매가 전부 주민등록증을 손에 쥘 즈음, 좀 더 큰 집으로 이사를 가게 되었다. 초등학교 때부터 내 사춘기 시절을 오롯이 보낸 변두리 집을 떠나던 날, 아무도 모르게 내 나름의 이별식을 치렀다. 아래층 대문으로 이어지는 층계 옆 외벽 붉은 벽돌에 손바닥을 갖다 대고 "잘 있어." 하고 인사했다.

지난해 한국에 다니러 갔을 때, 엄마가 그 집에 한번 가 보고 싶다는 말을 꺼냈다. 눈 뜨고도 코 베일 것 같던 서울에서 이만큼이나마 살고 있는 건 그 집 덕분이라나. 지하철을 타고 그 동네에 도착했는데, 지난 30년 동안 변해도 너무 변해 있었다. 기껏해야 내 키를 조금 넘는 가게들이 듬성듬성 한갓지던 도로변은, 목을 뒤로 한껏 젖혀도 끝이 안 보이는 높은 빌딩들로 빽빽했다.

어디가 어딘지 감을 잡을 수 없어 근처 부동산 중개소에 들어갔다. 미국 사는 딸이 노모를 모시고 30년 전 옛집을 찾는다 말하니, 친절한 중개인이 벽에 걸린 지도 앞으로 갔다. 건물의 지번들을 짚어 가는데 어느 순간, 주소가 내 머릿속에 번개 치듯 떠올랐다. 30년 전 주소가 아직도 기억나느냐며 중개인도 신기해했다.

몇 분 뒤 옛집 근처에 도달하자마자, 엄마와 내 입에서 "아!"

동시에 탄성이 터져 나왔다. 동네가 변해도 너무 변해서 예전 집들은 자취도 없이 사라지고 복층, 다세대 등 복합건물이 즐비했는데, 오로지, 정말 오로지, 우리 옛집만 같은 자리에 같은 모습으로 서 있었다. 고집스럽게, 마치 우리를 기다리기라도 한 듯이. 아래층 작은 두 가게도 간판만 바뀌었을 뿐 그대로 있었다.

그로부터 15분쯤 후, 지금 주인을 만날 수 있었다. 엄마는 비슷한 연배의 그분을 오래전부터 알던 사람처럼 덥석 손부터 잡았다. 그분은 처음에는 쑥스러워하더니 곧 상기된 얼굴로 그 집을 사기까지의 '역사'를 엄마에게 쏟아 냈다. 그러다 종국에는 우리를 집 안으로까지 데리고 들어갔다.

옛집은 내부가 좀 바뀌긴 했지만, 골격은 낯익은 모습을 간직하고 있었다. 사다리처럼 위태하게 생긴 옥상 층계며 연탄 때던 보일러실도 그 자리에 있었다. 두 '할머니'가 어린 시절 동무처럼 정담을 피우는 동안 나는 현관 밖으로 나갔다.

아래층 대문으로 이어지는 층계 옆 외벽의 붉은 벽돌. 30년 전, 잘 있으라 인사했던 그 자리에 손바닥을 대고 "나 왔어." 인사했다. 그 순간, 나는 30년의 시공간을 찰나로 뛰어넘어 갓 스물된 나에게로 가 닿았다. 그렇게 과거의 나와 차가운 벽돌 위에서 감격적인 재회를 했다.

그건 집만이 줄 수 있는 선물이었다. 그 자리에 담담히, 묵묵히서서 언제든 돌아오면 맞아주는 집만이…. 어쩌면 매정하게떠난 대가로 내가 걸었을 길들을 속없이 배웅해 주고, 그래서고단한 귀로歸路를 또 속없이 마중나와 주는 집만이….

늘 품어 주는 사람, 더 좋은 곳으로 보내 주는 사람, 늘 그 자리를 지키는 사람, 돌아오면 또 맞아 주는 사람. 그런 사람을 닮은 집에게, 해 줄 수밖에 없는 말이 있다.

고맙습니다,
그동안 애 많이 쓰셨습니다.

카페, 앤

내겐 언니가 없고, 우리 엄마에겐 언니가 있다. '아는' 언니 말고. '친'언니 말이다. 당신만 친언니를 가진 게 안타까웠는지, 엄마가 내게, "너한테 언니 못 만들어 줘 미안해." 하고 말한 적이 있다. 도대체 언니가 얼마나 좋길래.

가만, 내게도 친언니 '같은' 사람이 있다. 그것도 여럿 있다. 그들은 한 공간에 모여 있다. 카페, 앤에 있다. 고등학교 시절, 합창반에서 같이 노래 부르던 선배들이다. 어언 사십여 년을 채워 가는 사이. 이 언니들은 나나 후배들이 농담이나 애교를 핑계로 이런저런 무례를 범해도 한결같이 웃어 준다.

몇 해 전, 내 의도는 전혀 그런 것이 아니었지만, 언니들에게

농담이나 애교의 도를 넘는 무례를 범한 적이 있었다. 오해는 태평양 건너 사는 나 모르게 태평양 바다만큼이나 불어나 있었다. 지난여름, 한국에 간 나는 죄지은 마음으로 ─한 언니가 그즈음 문을 연─ 카페, 앤을 찾았다. 문자 그대로, '문전박대'를 각오하고.

카페 문을 열고 들어서니 한 언니가 "수정이, 왔구나!" 했다. 또 다른 언니는 나를 안아 주었다. 어색함과 불편함이 아주 없지는 않았다. 모든 오해가 일순, 눈 녹듯 사라진다든가 하는 건 아니었다. 그래도 우리는 함께 웃었다. 언니들의 배려 덕분이다. 본인의 상식과 논리에 어긋날지라도 일단은 맞아 주고, 안아 주는 마음 덕분이다. 친언니 아니면 갖기 힘들 마음.

미국에 돌아와서 나는 자주 카페, 앤을 떠올린다. 언니들이 여느 때처럼 카페, 앤에 둘러앉아 프랑스 자수를 하고 도자기 접시에 그림을 그린다. 내가 들어선다. 언니들이 날 바라본다. 손에 바늘을, 붓을 든 채 "수정이 왔구나!" 한다. 내가 웃고, 언니들이 웃는다.

카페, 앤에는 언니들이 있다.

내가 듣고 싶은 말,
내 편 돼 줄래요?

완전히 혼자임을 받아들일 수 있을 때,
돌연 당신은 주위를 둘러보고서
자신이 혼자가 아님을 알게 될 것이다.
실재는 당신 옆 어디에나 사람이 있다.
축하하고 기뻐하며….

_ 레너드 제이콥슨의 《마음은 도둑이다》 중에서

프롤로그를 쓸 때만 해도 '내 편 돼 줄래요'는 내가 누군가를 상대로 하고 싶은 말이었다. 내가 누군가에게 다가가 '내 편'이 되어 달라고 청하는 말. 책에서 기회 날 때마다 썼듯, 내 전화번호 목록은 짧고, 그만큼 내 편도 많지 않기에 그렇다.

그런데 한 편 한 편, '내 편'과 상관있는 이야기를 써 나가는 동안 생각이 달라졌다. 내게 내 편이 얼마나 많았고, 또 많은 줄 알겠더라, 이 말이다. 내 편의 '수'에서도 그렇지만, 내 편의 '깊이'에 새로운 느낌이 생겼다. 내 편의 깊이가 반드시 시간의 길이나 양에 정비례하는 게 아닌 것 같다는 느낌….

이제껏 나는, 누군가를 무조건 오래 알아야 '내 편'의 자격이 갖춰지는 줄 알았다. 자주 만나야만 '내 편'이 되는 줄 알았다. 하지만 아니었다. 처음 만난 지 얼마 되지 않아도, 안 본 지 오래되어도, 딱히 큰 덕을 보지 않았어도 관계의 깊이가 남달리 느껴지는 사람, 사람들. 나는 그들에게서도 내 편을 선명히 보았다. 내 편의 짙은 향기를 맡았다. 내가 알고 있는 사람들을 최대한 많이, 최대한 찬찬히, 최대한 천천히 떠올리며 이 책을 썼고, 그 사이 얻은 보배로운 선물이었다. (그러다 보니 어언 3년이나 걸렸다. 남편은 내가 장편 대하소설을 쓰는 줄 알았단다.)

내가 이런 쪽의 전문가는 아니지만, '내 편'이 없거나 '내 편'이 적다고 아쉬워하고 있는 사람들에게 하고 싶은 이야기가 생겼다. 이 책을 읽고 있다면 적어도 당신은 무인도에 살고 있지는 않을 것이다. 우린 누구나 주변에 사람이 있다. 내가 사는 이곳, 뉴저지의 주택가에서는 사람 구경이 어렵지만, 그럼에도 불구하고 나 역시 만나는 사람들이 있다. 아무리 인적 드문 곳에 살아도 우리 곁에는 분명, 사람, 사람들이 있다.

그들을 글로 적어 보라. 꼭 지금 바로 옆에 있지 않아도 상관없다. 전화나 문자나 이메일은 나누지만 멀리 떨어져 있다거나, 한때 알았지만 지금은 만남이 끊어진 사람들. 과거 어느 때든 당신과 같은 공간, 같은 시간 속에 함께 했던 사람들. 그들 중에 당신의 삶에 크든 작든 영향을 준 이가 있을 것이다.

그들의 이야기를 글로 써 보라. 그러면 알게 된다. 당신에게 실은 얼마나 '내 편'이 많았고, 얼마나 깊은 '내 편'이 있었으며, 지금 이 순간도 당신 바로 곁에 있다는 그 감격스러운 사실을 말이다. 그들의 이름을 적고 그들이 '내 편'으로 느껴지는 이유, 혹은 그런 이유가 만들어진 기억 속, 추억 속 이야기를 짧게라도 써 보라. 그러면 만져진다. 그 사람의 의미가, 가치가,

그리고 이루 말로 다 할 수 없는 고마움이….

내가 그렇게 얻은 생각, 느낌, 감정들이 원고를 마치려는 이 순간 내 안으로 차 들어와 북받친다. 모처럼 '감사'의 넉넉한 보자기를 마음 그득 펼쳐 둔 김에 여세를 몰아서 하고 싶은 말이 있다. 혹시나 싶어서 말해 두지만, 거창한 명문장은 아니다. 내가 마지막에 하고 싶은 말은 맥없게도, 바로 이 책 제목이다.

  "내 편 돼 줄래요?"

지금 이 말은 글을 쓰기 시작했을 때와는 완전히 반대로, 내가 하고 싶은 말이 아니라 내가 듣고 싶은 말이 되었기에 그렇다. 할 때보다 들을 때 더 기쁘고 감사한 말이 되었기에 그렇다. 기특하게도, 이제 나도 그 정도는 알게 되었기에 그렇다.

당신도 나와 같은 경험을 하게 된다면 참, 기쁘겠다.

2019년 2월 미국 뉴저지에서

내 편지기 이수정

내 편 돼 줄래요?

ⓒ이수정 2019

초판1쇄 인쇄 2019년 3월 7일
초판1쇄 발행 2019년 3월 18일

지은이 이수정

펴낸이 김재룡
펴낸곳 도서출판 슬로래빗

출판등록 2014년 7월 15일 제25100-2014-000043호
주소 (139-806) 서울시 노원구 동일로183길 34, 1504호
전화 02-6224-6779
팩스 02-6442-0859
e-mail slowrabbitco@naver.com
블로그 slowrabbitco.blog.me
포스트 post.naver.com/slowrabbitco
인스타그램 instagram.com/slowrabbitco

기획 강보경 편집 김가인 디자인 변영은 miyo_b@naver.com

값 14,000원
ISBN 979-11-86494-51-6 03800

「이 도서의 국립중앙도서관 출판시도서목록(CIP)은 서지정보유통지원시스템 홈페이지 (http://seoji.nl.go.kr)와 국가자료공동목록시스템(http://www.nl.go.kr/kolisnet)에 서 이용하실 수 있습니다. (CIP제어번호 : CIP2019008252)」